Françoise de Gr

Lettres d'une Péruvienne

Roman

 Le code de la propriété intellectuelle du 1er juillet 1992 interdit en effet expressément la photocopie à usage collectif sans autorisation des ayants droit. Or, cette pratique s'est généralisée dans les établissements d'enseignement supérieur, provoquant une baisse brutale des achats de livres et de revues, au point que la possibilité même pour les auteurs de créer des œuvres nouvelles et de les faire éditer correctement est aujourd'hui menacée. En application de la loi du 11 mars 1957, il est interdit de reproduire intégralement ou partiellement le présent ouvrage, sur quelque support que ce soit, sans autorisation de l'Éditeur ou du Centre Français d'Exploitation du Droit de Copie , 20, rue Grands Augustins, 75006 Paris.

ISBN : 978-3-96787-096-1

10 9 8 7 6 5 4 3 2 1

Françoise de Graffigny

Lettres d'une Péruvienne

Roman

Table de Matières

AVERTISSEMENT.	7
LETTRE PREMIÉRE.	8
LETTRE DEUXIÉME.	11
LETTRE TROISIÉME.	15
LETTRE QUATRIÉME.	17
LETTRE CINQUIÉME.	20
LETTRE SIXIÉME.	21
LETTRE SEPTIÉME.	22
LETTRE HUITIÉME.	24
LETTRE NEUVIÉME.	25
LETTRE DIXIÉME.	27
LETTRE ONZIÉME.	28
LETTRE DOUZIÉME.	30
LETTRE TREIZIÉME.	34
LETTRE QUATORZIÉME.	37
LETTRE QUINZIÉME.	39
LETTRE SEIZIÉME.	40
LETTRE DIX-SEPTIÉME.	42
LETTRE DIX-HUITIÉME.	44
LETTRE DIX-NEUVIÉME.	45
LETTRE VINGTIÉME.	48
LETTRE VINGT-UNIÉME.	50
LETTRE VINGT-DEUX.	52
LETTRE VINGT-TROIS.	54

LETTRE VINGT-QUATRE.	58
LETTRE VINGT-CINQ.	59
LETTRE VINGT-SIX.	62
LETTRE VINGT-SEPT.	64
LETTRE VINGT-HUIT.	68
LETTRE VINGT-NEUF.	69
LETTRE TRENTIÉME.	73
LETTRE TRENTE-UNE.	75
LETTRE TRENTE-DEUX.	76
LETTRE TRENTE-TROIS.	82
LETTRE TRENTE-QUATRE	83
LETTRE TRENTE-CINQ	85
LETTRE TRENTE-SIX	86
LETTRE TRENTE-SEPT.	87
LETTRE TRENTE-HUIT	89
NOTES	91

A PEINE.

AVERTISSEMENT.

Si la vérité, qui s'écarte du vraisemblable, perd ordinairement son crédit aux yeux de la raison, ce n'est pas sans retour ; mais pour peu qu'elle contrarie le préjugé, rarement elle trouve grace devant son Tribunal.

Que ne doit donc pas craindre l'Éditeur de cet Ouvrage, en présentant au Public les Lettres d'une jeune Péruvienne, dont le stile & les pensées ont si peu de rapport à l'idée médiocrement avantageuse qu'un injuste préjugé nous a fait prendre de sa nation.

Enrichis par les précieuses dépouilles du Perou, nous devrions au moins regarder les habitans de cette partie du monde, comme un peuple magnifique ; & le sentiment de respect ne s'éloigne gueres de l'idée & de la magnificence.

Mais toujours prévenus en notre faveur, nous n'accordons du mérite aux autres nations, non seulement qu'autant que leurs mœurs imitent les nôtres, mais qu'autant que leur langue se raproche de notre idiome. *Comment peut-on être Persan.*

Nous méprisons les Indiens ; à peine accordons-nous une ame pensante à ces peuples malheureux, cependant leur histoire est entre les mains de tout le monde ; nous y trouvons par tout des monumens de la sagacité de leur esprit, & de la solidité de leur philosophie.

L'apologiste de l'humanité & de la belle nature a tracé le crayon des mœurs Indiennes dans un Poëme dramatique, dont le sujet a partagé la gloire de l'éxécution.

Avec tant de lumieres répandues sur le caractere de ces peuples, il semble que l'on ne devroit pas craindre de voir passer pour une fiction des Lettres originales, qui ne font que déveloper ce que nous connoissons déjà de l'esprit vif & naturel des Indiens ; mais le préjugé a-t-il des yeux ? Rien ne rassure contre son jugement, & l'on se seroit bien gardé d'y soumettre cet Ouvrage, si son Empire étoit sans borne.

Il semble inutile d'avertir que les premieres Lettres de Zilia ont été traduites par elle-même : on devinera aisément, qu'étant composées dans une langue, & tracées d'une maniere qui nous sont également inconnues, le recueil n'en seroit pas parvenu jusqu'à nous, si la même main ne les eût écrites dans notre langue.

Nous devons cette traduction au loisir de Zilia dans sa retraite. La complaisance qu'elle a eu de les communiquer au Chevalier Déterville, & la permission qu'il obtint enfin de les garder, les a fait passer jusqu'à nous.

On connoîtra facilement aux fautes de Grammaire & aux négligences du stile, combien on a été scrupuleux de ne rien dérober à l'esprit d'ingénuité qui regne dans cet Ouvrage. On s'est contenté de suprimer (sur tout dans les premieres Lettres) un nombre de termes & de comparaisons Orientales, qui étoient échapées à Zilia, quoi qu'elle sçût parfaitement la Langue Françoise lorsqu'elle les traduisoit ; on n'en a laissé que ce qu'il en falloit pour faire sentir combien il étoit nécessaire d'en retrancher.

On a cru aussi pouvoir donner une tournure plus intelligible à de certains traits metaphisiques, qui auroient pû paroître obscurs, mais sans rien changer au fond de la pensée. C'est la seule part que l'on ait à ce singulier Ouvrage.

LETTRE PREMIÉRE.

AZA ! mon cher Aza ! les cris de ta tendre Zilia, tels qu'une vapeur du matin, s'exhalent & sont dissipés avant d'arriver jusqu'à toi ; en vain je t'appelle à mon secours ; en vain j'attens que ton amour vienne briser les chaînes de mon esclavage : hélas ! peut-être les malheurs que j'ignore sont-ils les plus affreux ! peut-être tes maux surpassent-ils les miens !

La ville du Soleil, livrée à la fureur d'une Nation barbare, devroit faire couler mes larmes ; mais ma douleur, mes craintes, mon désespoir, ne sont que pour toi.

Qu'as-tu fait dans ce tumulte affreux, chere ame de ma vie ? Ton courage t'a-t-il été funeste ou inutile ? Cruelle alternative ! mortelle inquiétude ! ô, mon cher Aza ! que tes jours soient sauvés, & que je succombe, s'il le faut, sous les maux qui m'accablent !

Depuis le moment terrible (qui auroit dû être arraché de la chaîne du tems, & replongé dans les idées éternelles) depuis le moment d'horreur où ces Sauvages impies m'ont enlevée au culte du Soleil, à moi-même, à ton amour ; retenue dans une étroite captivité, privée de toute communication, ignorant la Langue de ces hommes féroces, je n'éprouve que les effets du malheur, sans pouvoir en découvrir la cause. Plongée dans un abîme d'obscurité, mes jours sont semblables aux nuits les plus effrayantes.

Loin d'être touchés de mes plaintes, mes ravisseurs ne le sont pas même de mes larmes ; sourds à mon langage, ils n'entendent pas mieux les cris de mon désespoir.

Quel est le peuple assez féroce pour n'être point ému aux signes de la douleur ? Quel desert aride a vû naître des humains insensibles à la voix de la nature gémissante ? Les Barbares ! Maîtres *Dyalpor*[1] fiers de la puissance d'exterminer, la cruauté est le seul guide de leurs actions. Aza ! comment échapperas-tu à leur fureur ? où es-tu ? que fais-tu ? si ma vie t'est chere, instruis-moi de ta destinée.

Hélas ! que la mienne est changée ! comment se peut-il, que des jours si semblables entr'eux, ayent par rapport à nous de si funestes différences ? Le tems s'écoule ; les ténèbres succedent à la lumiere ; aucun dérangement ne s'apperçoit dans la nature ; & moi, du suprême bonheur, je suis tombée dans l'horreur du désespoir, sans qu'aucun intervalle m'ait préparée à cet affreux passage.

Tu le sçais, ô délices de mon cœur ! ce jour horrible, ce jour à jamais épouvantable, devoit éclairer le triomphe de notre union. À peine commençoit-il à paroître, qu'impatiente d'exécuter un projet que ma tendresse m'avoit inspiré pendant la nuit, je courus à mes Quipos[2] & profitant du silence qui régnoit encore dans le Temple, je me hâtai de les nouer, dans l'espérance qu'avec leur secours je rendrois immortelle l'histoire de notre amour & de notre bonheur.

À mesure que je travaillois, l'entreprise me paroissoit moins difficile ; de moment en moment cet amas innombrable de cordons devenoit sous mes doigts une peinture fidelle de nos actions & de nos sentimens, comme il étoit autrefois l'interprète de nos pensées, pendant les longs intervalles que nous passions sans nous voir.

Toute entiere à mon occupation, j'oubliois le tems, lorsqu'un bruit confus réveilla mes esprits & fit tressaillir mon cœur.

Je crus que le moment heureux étoit arrivé, & que les cent portes[3] s'ouvroient pour laisser un libre passage au soleil de mes jours ; je cachai précipitamment *mes Quipos* sous un pan de ma robbe, & je courus au-devant de tes pas.

Mais quel horrible spectacle s'offrit à mes yeux ! Jamais son souvenir affreux ne s'effacera de ma mémoire.

Les pavés du Temple ensanglantés ; l'image du Soleil foulée aux pieds ; nos Vierges éperduës, fuyant devant une troupe de soldats furieux qui massacroient tout ce qui s'opposoit à leur passage ; nos *Mamas*[4] expirantes sous leurs coups, dont les habits brûloient encore du feu de leur tonnerre ; les gémissemens de l'épouvante, les cris de la fureur répandant de toute part l'horreur & l'effroi, m'ôterent jusqu'au sentiment de mon malheur.

Revenue à moi-même, je me trouvai, (par un mouvement naturel & presque involontaire) rangée derriere l'autel que je tenois embrassé. Là, je voyois passer ces barbares ; je n'osois donner un libre cours à ma respiration, je craignois qu'elle ne me coûtât la vie. Je remarquai cependant qu'ils ralentissoient les effets de leur cruauté à la vue des ornemens précieux répandus dans le Temple ; qu'ils se saisissoient de ceux dont l'éclat les frappoit davantage ; & qu'ils arrachoient jusqu'aux lames d'or dont les murs étoient revêtus. Je jugeai que le larcin étoit le motif de leur barbarie, & que pour éviter la mort, je n'avois qu'à me dérober à leurs regards. Je formai le dessein de sortir du Temple, de me faire conduire à ton Palais, de demander *au Capa Inca*[5] du secours & un azile pour mes Compagnes & pour moi ; mais aux premiers mouvemens que je fis pour m'éloigner, je me sentis arrêter : ô, mon cher Aza, j'en frémis encore ! ces impies oserent porter leurs mains sacriléges sur la fille du Soleil.

Arrachée de la demeure sacrée, traînée ignominieusement hors du Temple, j'ai vû pour la premiere fois le seüil de la porte Céleste que je ne devois passer qu'avec les ornemens de la Royauté[6] ; au lieu de fleurs qui auroient été semées sous mes pas, j'ai vû les chemins couverts de sang & de carnage ; au lieu des honneurs du Trône que je devois partager avec toi, esclave sous les loix de la tyrannie, enfermée dans une obscure prison ; la place que j'occupe dans l'univers est bornée à l'étendue de mon être. Une natte baignée de mes pleurs reçoit mon corps fatigué par les tourmens de mon ame ; mais, cher soutien de ma vie, que tant de maux me seront legers, si j'apprends que tu respires !

Au milieu de cet horrible bouleversement, je ne sçais par quel heureux hazard j'ai conservé mes *Quipos*. Je les posséde, mon cher Aza, c'est le trésor de mon cœur, puisqu'il servira d'interprête à ton amour comme au mien ; les mêmes nœuds qui t'apprendront mon existence, en changeant de forme entre tes mains, m'instruiront de mon sort. Hélas ! par quelle voie pourrai-je les faire passer jusqu'à toi ? Par quelle adresse pourront-ils m'être rendus ? Je l'ignore encore ; mais le même sentiment qui nous fit inventer leur usage, nous suggerera les moyens de tromper nos tyrans. Quel que soit le *Chaqui*[7] fidéle qui te portera ce précieux dépôt, je ne cesserai d'envier son bonheur. Il te verra, mon cher Aza ; je donnerois tous les jours que le Soleil me destine pour jouir un seul moment de ta présence.

LETTRE DEUXIÉME.

Que l'arbre de la vertu, mon cher Aza, répande à jamais son ombre sur la famille du pieux Citoyen qui a reçu sous ma fenêtre le mystérieux tissu de mes pensées, & qui l'a remis dans tes mains ! Que *Pachammac*[8] prolonge ses années, en récompense de son adresse à faire passer jusqu'à moi les plaisirs divins avec ta réponse.

Les trésors de l'Amour me sont ouverts ; j'y puise une joie délicieuse dont mon ame s'enyvre. En dénouant les secrets de ton cœur, le mien se baigne dans une Mer parfumée. Tu vis, & les chaînes qui devoient nous unir ne sont pas rompues ! Tant de bonheur étoit l'objet de mes desirs, & non celui de mes espérances.

Dans l'abandon de moi-même, je craignois pour tes jours ; le plaisir étoit oublié, tu me rends tout ce que j'avois perdu. Je goûte à longs traits la douce satisfaction de te plaire, d'être louée de toi, d'être approuvée par ce que j'aime. Mais, cher Aza, en me livrant à tant de délices, je n'oublie pas que je te dois ce que je suis. Ainsi que la rose tire ses brillantes couleurs des rayons du Soleil, de même les charmes qui te plaisent dans mon esprit & dans mes sentimens, ne sont que les bienfaits de ton génie lumineux ; rien n'est à moi que ma tendresse.

Si tu étois un homme ordinaire, je serois restée dans le néant, où mon sexe est condamné. Peu esclave de la coutume, tu m'en as fait franchir les barrieres pour m'élever jusqu'à toi. Tu n'as pû souffrir qu'un être semblable au tien, fût borné à l'humiliant avantage de donner la vie à ta postérité. Tu as voulu que nos divins *Amutas*[9] ornassent mon entendement de leurs sublimes connoissances. Mais, ô lumiere de ma vie, sans le desir de te plaire, aurois-je pû me resoudre d'abandonner ma tranquille ignorance, pour la pénible occupation de l'étude ? Sans le desir de mériter ton estime, ta confiance, ton respect, par des vertus qui fortifient l'amour & que l'amour rend voluptueuses ; je ne serois que l'objet de tes yeux ; l'absence m'auroit déjà effacée de ton souvenir.

Mais, hélas ! si tu m'aimes encore, pourquoi suis-je dans l'esclavage ? En jettant mes regards sur les murs de ma prison, ma joie disparoît, l'horreur me saisit, & mes craintes se renouvellent. On ne t'a point ravi la liberté, tu ne viens pas à mon secours ; tu es instruit de mon sort, il n'est pas changé. Non, mon cher Aza, au milieu de ces Peuples féroces, que tu nommes Espagnols, tu n'es pas aussi libre que tu crois l'être. Je vois autant de signes d'esclavage dans les honneurs qu'ils te rendent, que dans la captivité où ils me retiennent.

Ta bonté te séduit, tu crois sincéres, les promesses que ces barbares te font faire par leur interprête, parce que tes paroles sont inviolables ; mais moi qui n'entends pas leur langage ; moi qu'ils le trouvent pas digne d'être trompée, je vois leurs actions.

Tes Sujets les prennent pour des Dieux, ils se rangent de leur parti : ô mon cher Aza, malheur au peuple que la crainte détermine ! Sauve-toi de cette erreur, défie-toi de la fausse bonté de ces Étrangers. Abandonne ton Empire, puisque l'Inca *Viracocha*[10] en a prédit la destruction.

Achette ta vie & ta liberté au prix de ta puissance, de ta grandeur, de tes trésors ; il ne te restera que les dons de la nature. Nos jours seront en sûreté.

Riches de la possession de nos cœurs, grands par nos vertus, puissans par notre modération, nous irons dans une cabane jouir du ciel, de la terre & de notre tendresse.

Tu seras plus Roi en régnant sur mon ame, qu'en doutant de l'affection d'un peuple innombrable : ma soumission à tes volontés te fera jouir sans tyrannie du beau droit de commander. En t'obéissant je ferai retentir ton Empire de mes chants d'allégresse ; ton Diadême[11] sera toujours l'ouvrage de mes mains, tu ne perdras de ta Royauté que les soins & les fatigues.

Combien de fois, chere ame de ma vie, tu t'es plaint des devoirs de ton rang ? Combien les cérémonies, dont tes visites étoient accompagnées, t'ont fait envier le sort de tes Sujets ? Tu n'aurois voulu vivre que pour moi ; craindrois-tu à présent de perdre tant de contraintes ? Ne serois-je plus cette Zilia, que tu aurois préférée à ton Empire ? Non, je ne puis le croire, mon cœur n'est point changé, pourquoi le tien le seroit-il ?

J'aime, je vois toujours le même Aza qui régna dans mon ame au premier moment de sa vûe ; je me rappelle sans cesse ce jour fortuné, où ton Pere, mon souverain Seigneur, te fit partager, pour la premiere fois, le pouvoir réservé à lui seul, d'entrer dans l'intérieur du Temple[12] ; je me représente le spectacle agréable de nos Vierges, qui, rassemblées dans un même lieu, reçoivent un nouveau lustre de l'ordre admirable qui régne entr'elles : tel on voit dans un jardin l'arrangement des plus belles fleurs ajouter encore de l'éclat à leur beauté.

Tu parus au milieu de nous comme un Soleil Levant, dont la tendre lumiere prépare la sérénité d'un beau jour : le feu de tes yeux répandoit sur nos joues le coloris de la modestie, un embarras ingénu tenoit nos regards captifs ; une joie brillante éclatoit dans les tiens ; tu n'avois jamais rencontré tant de beautés ensemble. Nous n'avions jamais vû que le *Capa-Inca* : l'étonnement & le silence régnoient de toutes parts. Je ne sçais quelles étoient les pensées de mes Compagnes ; mais de quels sentimens mon cœur ne fut-il point assailli ! Pour la premiere fois j'éprouvai du trouble, de l'inquiétude, & cependant du plaisir. Confuse des agitations de mon ame, j'allois me dérober à ta vûe ; mais tu tournas tes pas vers moi, le respect me retint.

Ô, mon cher Aza, le souvenir de ce premier moment de mon bonheur me sera toujours cher ! Le son de ta voix, ainsi que le chant mélodieux de nos Hymnes, porta dans mes veines le doux frémissement & le saint respect que nous inspire la présence de la Divinité.

Tremblante, interdite, la timidité m'avoit ravi jusqu'à l'usage de la voix ; enhardie enfin par la douceur de tes paroles, j'osai élever mes regards jusqu'à toi, je rencontrai les tiens. Non, la mort même n'effacera pas de ma mémoire les tendres mouvemens de nos ames qui se rencontrerent, & se confondirent dans un instant.

Si nous pouvions douter de notre origine, mon cher Aza, ce trait de lumiere confondroit notre incertitude. Quel autre, que le principe du feu, auroit pû nous transmettre cette vive intelligence des cœurs, communiquée, répandue & sentie, avec une rapidité inexplicable ?

J'étois trop ignorante sur les effets de l'amour pour ne pas m'y tromper. L'imagination remplie de la sublime Théologie de nos *Cucipatas*[13], je pris le feu qui m'animoit pour une agitation divine, je crus que le Soleil me manifestoit sa volonté par ton organe, qu'il me choisissoit pour son épouse d'élite : j'en soupirai, mais après ton départ, j'examinai mon cœur, & je n'y trouvai que ton image.

Quel changement, mon cher Aza, ta présence avoit fait sur moi ! tous les objets me parurent nouveaux ; je crus voir mes Compagnes pour la premiere fois. Qu'elles me parurent belles ! je ne pus soutenir leur présence ; retirée à l'écart, je me livrois au trouble de mon ame, lorsqu'une d'entr'elles, vint me tirer de ma rêverie, en me donnant de sujets de m'y livrer. Elle m'apprit qu'étant ta plus proche parente, j'étois destinée à être ton épouse, dès que mon âge permettroit cette union.

J'ignorois les loix de ton Empire[14], mais depuis que je t'avois vû, mon cœur étoit trop éclairé pour ne pas saisir l'idée du bonheur d'être à toi. Cependant loin d'en connoître toute l'étendue ; accoutumée au nom sacré d'épouse du Soleil, je bornois mon à te voir tous les jours, à t'adorer, à t'offrir des vœux comme à lui.

C'est toi, mon aimable Aza, c'est toi qui comblas mon ame de délices en m'apprenant que l'auguste rang de ton épouse m'associeroit à ton cœur, à ton trône, à ta gloire, à tes vertus ; que je jouirois sans cesse de ces entretiens si rares & si courts au gré de nos desirs, de ces entretiens qui ornoient mon esprit des perfections de ton ame, & qui ajoutoient à mon bonheur la délicieuse espérance de faire un jour le tien.

Ô, mon cher Aza combien ton impatience contre mon jeunesse, qui retardoit notre union, étoit flatteuse pour mon cœur ! Combien les deux années qui se sont écoulées t'ont paru longues, &

cependant que leur durée a été courte ! Hélas, le moment fortuné étoit arrivé ! quelle fatalité l'a rendu si funeste ? Quel Dieu punit ainsi l'innocence & la vertu ? ou quelle Puissance infernale nous a séparés de nous-mêmes ? L'horreur me saisit, mon cœur se déchire, mes larmes inondent mon ouvrage. Aza ! mon cher Aza !…

LETTRE TROISIÉME.

C'Est toi, chere lumiere de mes jours ; c'est toi qui me rappelles à la vie ; voudrois-je la conserver, si je n'étois assurée que la mort auroit moissonné d'un seul coup tes jours & les miens ! Je touchois au moment où l'étincelle du feu divin, dont le Soleil anime notre être, alloit s'éteindre : la nature laborieuse se préparoit déjà à donner une autre forme à la portion de matiere qui lui appartient en moi, je mourois ; tu perdois pour jamais la moitié de toi-même, lorsque mon amour m'a rendu la vie, & je t'en fais un sacrifice. Mais comment pourrai-je t'instruire des choses surprenantes qui me sont arrivées ? Comment me rappeller des idées déja confuses au moment où je les ai reçues, & que le tems qui s'est écoulé depuis, rend encore moins intelligibles ?

À peine, mon cher Aza, avois-je confié à notre fidéle *Chaqui* le dernier tissu de mes pensées, que j'entendis un grand mouvement dans notre habitation : vers le milieu de la nuit deux de mes ravisseurs vinrent m'enlever de ma sombre retraite avec autant de violence qu'ils en avoient employée à m'arracher du Temple du Soleil.

Quoique la nuit fût fort obscure, on me fit faire un si long trajet, que succombant à la fatigue, on fut obligé de me porter dans une maison dont les approches, malgré l'obscurité, me parurent extrêmement difficiles.

Je fus placée dans un lieu plus étroit & plus incommode que n'étoit ma prison. Ah, mon cher Aza ! pourrois-je te persuader ce que je ne comprends pas moi-même, si tu n'étois assuré que le mensonge n'a jamais souillé les lévres d'un enfant du Soleil[15] !

Cette maison, que j'ai jugé être fort grande par la quantité de monde qu'elle contenoit ; cette maison comme suspendue, & ne tenant point à la terre, étoit dans un balancement continuel.

Il faudroit, ô lumiere de mon esprit, que *Ticaiviracocha* eût comblé mon ame comme la tienne de sa divine science, pour pouvoir comprendre ce prodige. Toute la connoissance que j'en ai, est que cette demeure n'a pas été construite par un être ami des hommes : car quelques momens après que j'y fus entrée, son mouvement continuel, joint à une odeur malfaisante, me causerent un mal si violent, que je suis étonnée de n'y avoir pas succombé : ce n'étoit que le commencement de mes peines.

Un tems assez long s'étoit écoulé, je ne souffrois presque plus, lorsqu'un matin je fus arrachée au sommeil par un bruit plus affreux que celui d'*Yalpa* : notre habitation en recevoit des ébranlemens tels que la terre en éprouvera, lorsque la Lune en tombant, réduira l'univers en poussiere [16]. Des cris, des voix humaines qui se joignirent à ce fracas, le rendirent encore plus épouvantable ; mes sens saisis d'une horreur secrette, ne portoient à mon ame, que l'idée de la destruction, (non-seulement de moi-même) mais de la nature entière. Je croyois le péril universel ; je tremblois pour tes jours : ma frayeur s'accrut enfin jusqu'au dernier excès, à la vûe d'une troupe d'hommes en fureur, le visage & les habits ensanglantés, qui se jetterent en tumulte dans ma chambre. Je ne soutins pas cet horrible spectacle, la force & la connoissance m'abandonnerent ; j'ignore encore la suite de ce terrible événement. Mais revenue à moi-même, je me trouvai dans un lit assez propre, entourée de plusieurs Sauvages, qui n'étoient plus les cruels Espagnols.

Peux-tu te représenter ma surprise, en me trouvant dans une demeure nouvelle, parmi des hommes nouveaux, sans pouvoir comprendre comment ce changement avoit pû se faire ? Je refermai promptement les yeux, afin que plus recueillie en moi-même, je pusse m'assurer si je vivois, ou si mon ame n'avoit point abandonné mon corps pour passer dans les régions inconnues [17].

Te l'avouerai-je, chère Idole de mon cœur ; fatiguée d'une vie odieuse, rebutée de souffrir des tourmens de toute espèce ; accablée sous le poids de mon horrible destinée, je regardai avec indifférence la fin de ma vie que je sentois approcher : je refusai constamment tous les secours que l'on m'offroit ; en peu de jours je touchai au terme fatal, & j'y touchai sans regret.

L'épuisement des forces anéantit le sentiment ; déja mon imagination affoiblie ne recevoit plus d'images que comme un léger dessein tracé par une main tremblante ; déja les objets qui m'avoient le plus affectée n'excitoient en moi que cette sensation vague, que nous éprouvons en nous laissant aller à une rêverie indéterminée ; je n'étois presque plus. Cet état, mon cher Aza, n'est pas si fâcheux que l'on croit. De loin il nous effraye, parce que nous y pensons de toutes nos forces ; quand il est arrivé, affoibli par les gradations de douleurs qui nous y conduisent, le moment décisif ne paroît que celui du repos. Un penchant naturel qui nous porte dans l'avenir, même dans celui qui ne sera plus pour nous, ranima mon esprit, & le transporta jusques dans l'intérieur de ton Palais. Je crus y arriver au moment où tu venois d'apprendre la nouvelle de ma mort ; je me représentai ton image pâle, défigurée, privée de sentimens, telle qu'un lys desséché par la brûlante ardeur du Midi. Le plus tendre amour est-il donc quelquefois barbare ? Je jouissois de ta douleur, je l'excitois par de tristes adieux ; je trouvois de la douceur, peut-être du plaisir à répandre sur tes jours le poison des regrets ; & ce même amour qui me rendoit féroce, déchiroit mon cœur par l'horreur de tes peines. Enfin, reveillée comme d'un profond sommeil, pénétrée de ta propre douleur, tremblante pour ta vie, je demandai des secours, je revis la lumiere.

Te reverrai-je, toi, cher Arbitre de mon existence ? Hélas ! qui pourra m'en assurer ? Je ne sçais plus où je suis, peut-être est-ce loin de toi. Mais dussions-nous être séparés par les espaces immenses qu'habitent les enfans du Soleil, le nuage leger de mes pensées volera sans cesse autour de toi.

LETTRE QUATRIÉME.

QUEL que soit l'amour de la vie, mon cher Aza, les peines le diminuent, le désespoir l'éteint. Le mépris que la nature semble faire de notre être, en l'abandonnant à la douleur, nous révolte d'abord ; ensuite l'impossibilité de nous en délivrer, nous prouve une insuffisance si humiliante, qu'elle nous conduit jusqu'au dégoût de nous-même.

Je ne vis plus en moi ni pour moi ; chaque instant où je respire, est un sacrifice que je fais à ton amour, & de jour en jour il devient plus pénible ; si le tems apporte quelque soulagement au mal qui me consume, loin d'éclaircir mon sort, il semble le rendre encore plus obscur. Tout ce qui m'environne m'est inconnu, tout m'est nouveau, tout intéresse ma curiosité, & rien ne peut la satisfaire. En vain, j'employe mon attention & mes efforts pour entendre, ou pour être entendue ; l'un & l'autre me sont également impossibles. Fatiguée de tant de peines inutiles, je crus en tarir la source, en dérobant à mes yeux l'impression qu'ils recevoient des objets : je m'obstinai quelque tems à les fermer ; mais les ténébres volontaires auxquelles je m'étois condamnée, ne soulageoient que ma modestie. Blessée sans cesse à la vûe de ces hommes, dont les services & les secours sont autant de supplices, mon ame n'en étoit pas moins agitée ; renfermée en moi-même, mes inquiétudes n'en étoient que plus vives, & le desir de les exprimer plus violent. D'un autre côté l'impossibilité de me faire entendre, répand jusques sur mes organes un tourment non moins insupportable que des douleurs qui auroient une réalité plus apparente. Que cette situation est cruelle !

Hélas, je croiois déja entendre quelques mots des Sauvages Espagnols, j'y trouvois des rapports avec notre auguste langage ; je me flattois qu'en peu de tems je pourrois m'expliquer avec eux ; loin de trouver le même avantage avec mes nouveaux tyrans, ils s'expriment avec tant de rapidité, que je ne distingue pas même les inflexions de leur voix. Tout me fait juger qu'ils ne sont pas de la même Nation ; & à la différence de leur maniere, & de leur caractere apparent, on devine sans peine que *Pachacamac* leur a distribué dans une grande disproportion les élemens dont il a formé les humains. L'air grave & farouche des premiers fait voir qu'ils sont composés de la matiere des plus durs métaux ; ceux-ci semblent s'être échappés des mains du Créateur au moment où il n'avoit encore assemblé pour leur formation que l'air & le feu : les yeux fiers, la mine sombre & tranquille de ceux-là, montroient assez qu'ils étoient cruels de sang froid ; l'inhumanité de leurs actions ne l'a que trop prouvé. Le visage riant de ceux-ci, la douceur de leurs regards, un certain empressement répandu sur leurs actions & qui paroît être de la bienveillance, prévient en leur faveur, mais je remarque des contradictions dans leur conduite, qui suspendent mon jugement.

Deux de ces Sauvages ne quittent presque pas le chevet de mon lit ; l'un que j'ai jugé être le *Cacique*[18] à son air de grandeur, me rend, je crois, à sa façon beaucoup de respect : l'autre me donne une partie des secours qu'exige ma maladie, mais sa bonté est dure, ses secours sont cruels, & sa familiarité impérieuse.

Dès le premier moment, où revenue de ma foiblesse, je me trouvai en leur puissance, celui-ci (car je l'ai bien remarqué) plus hardi que les autres, voulut prendre ma main, que je retirai avec une confusion inexprimable ; il parut surpris de ma résistance, & sans aucun égard pour la modestie, il la reprit à l'instant : foible, mourante & ne prononçant que des paroles qui n'étoient point entendues, pouvois-je l'en empêcher ? Il la garda, mon cher Aza, tout autant qu'il voulut, & depuis ce tems, il faut que je la lui donne moi-même plusieurs fois par jour, si je veux éviter des débats qui tournent toujours à mon désavantage.

Cette espéce de cérémonie[19] me paroît une superstition de ces peuples : j'ai crû remarquer que l'on y trouvoit des rapports avec mon mal ; mais il faut apparemment être de leur Nation pour en sentir les effets ; car je n'en éprouve aucuns, je souffre toujours également d'un feu intérieur qui me consume ; à peine me reste-t-il assez de force pour nouer mes *Quipos*. J'employe à cette occupation autant de tems que ma foiblesse peut me le permettre : ces nœuds qui frappent mes sens, semblent donner plus de réalité à mes pensées ; la sorte de ressemblance que je m'imagine qu'ils ont avec les paroles, me fait une illusion qui trompe ma douleur : je crois te parler, te dire que je t'aime, t'assurer de mes vœux, de ma tendresse ; cette douce erreur est mon bien & ma vie. Si l'excès d'accablement m'oblige d'interrompre mon Ouvrage, je gémis de ton absence ; ainsi toute entiere à ma tendresse, il n'y a pas un de mes momens qui ne t'appartienne.

Hélas ! Quel autre usage pourrois-je en faire ? Ô, mon cher Aza ! quand tu ne serois pas le maître de mon ame : quand les chaînes de l'amour ne m'attacheroient pas inséparablement à toi ; plongée dans un abîme d'obscurité, pourrois-je détourner mes pensées de la lumiere de ma vie ? Tu es le Soleil de mes jours, tu les éclaires, tu les prolonges, ils sont à toi. Tu me chéris, je me laisse vivre. Que feras-tu pour moi ? Tu m'aimeras, je suis récompensée.

LETTRE CINQUIÉME.

QUe j'ai souffert, mon cher Aza, depuis les derniers nœuds que je t'ai consacrés ! La privation de mes *Quipos* manquoit au comble de mes peines ; dès que mes officieux Persécuteurs se sont apperçus que ce travail augmentoit mon accablement, ils m'en ont ôté l'usage.

On m'a enfin rendu le trésor de ma tendresse, mais je l'ai acheté par bien des larmes. Il ne me reste que cette expression de mes sentimens ; il ne me reste que la triste consolation de te peindre mes doupouvois-je la perdre sans désespoir ?

Mon étrange destinée m'a ravi jusqu'à la douceur que trouvent les malheureux à parler de leurs peines : on croit être plaint quand on est écouté, on croit être soulagé en voyant partager sa tristesse, je ne puis me faire entendre, & la gaieté m'environne.

Je ne puis même jouir paisiblement de la nouvelle espéce de désert où me réduit l'impuissance de communiquer mes pensées. Entourée d'objets importuns, leurs regards attentifs troublent la solitude de mon ame ; j'oublie le plus beau présent que nous ait fait la nature, en rendant nos idées impénétrables sans le secours de notre propre volonté. Je crains quelquefois que ces Sauvages curieux ne découvrent les réflexions désavantageuses que m'inspire la bizarrerie de leur conduite,

Un moment détruit l'opinion qu'un autre moment m'avoit donné de leur caractere. Car si je m'arrête aux fréquentes oppositions de leur volonté à la mienne, je ne puis douter qu'ils ne me croyent leur esclave, & que leur puissance ne soit tyrannique.

Sans compter un nombre infini d'autres contradictions, ils me refusent, mon cher Aza, jusqu'aux alimens nécessaires au soutien de la vie, jusqu'à la liberté de choisir la place où je veux être, ils me retiennent par une espéce de violence dans ce lit qui m'est devenu insupportable.

D'un autre côté, si je réfléchis sur l'envie extrême qu'ils ont témoignée de conserver mes jours, sur le respect dont ils accompagnent les services qu'ils me rendent, je suis tentée de croire qu'ils me prennent pour un être d'une espéce supérieure à l'humanité.

Aucun d'eux ne paroît devant moi, sans courber son corps plus ou moins, comme nous avons coutume de faire en adorant le Soleil. *Le Cacique* semble vouloir imiter le cérémonial des Incas au jour du *Raymi*[20] : Il se met sur ses genoux fort près de mon lit, il reste un tems considérable dans cette posture gênante : tantôt il garde le silence, & les yeux baissés il semble rêver profondément : je vois sur son visage cet embarras respectueux que nous inspire le *grand Nom*[21] prononcé à haute voix. S'il trouve l'occasion de saisir ma main, il y porte sa bouche avec la même vénération que nous avons pour le sacré Diadême[22]. Quelquefois il prononce un grand nombre de mots qui ne ressemblent point au langage ordinaire de sa Nation. Le son en est plus doux, plus distinct, plus mesuré ; il y joint cet air touché qui précède les larmes ; ces soupirs qui expriment les besoins de l'ame ; ces accens qui sont presque des plaintes ; enfin tout ce qui accompagne le desir d'obtenir des graces. Hélas ! mon cher Aza, s'il me connoissoit bien, s'il n'étoit pas dans quelque erreur sur mon être, quelle priere auroit-il à me faire ?

Cette Nation ne seroit-elle point idolâtre ? Je n'ai encore vû faire aucune adoration au Soleil ; peut-être prennent-ils les femmes pour l'objet de leur culte. Avant que le Grand *Mauco-Capa*[23] eût apporté sur la terre les volontés du Soleil, nos Ancêtres divinisoient tout ce qui les frappoit de crainte ou de plaisir : peut-être ces Sauvages n'éprouvent-ils ces deux sentimens que pour les femmes.

Mais, s'ils m'adoroient, ajouteroient-ils à mes malheurs l'affreuse contrainte où ils me retiennent ? Non, ils chercheroient à me plaire, ils obéiroient aux signes de mes volontés ; je serois libre, je sortirois de cette odieuse demeure ; j'irois chercher le maître de mon ame ; un seul de ses regards effaceroit le souvenir de tant d'infortunes.

LETTRE SIXIÉME.

Quelle horrible surprise, mon cher Aza ! Que nos malheurs sont augmentés ! Que nous sommes à plaindre ! Nos maux sont sans reméde, il ne me reste qu'à te l'apprendre & à mourir.

On m'a enfin permis de me lever, j'ai profité avec empressement de cette liberté ; je me suis traînée à une petite fenêtre, je l'ai ouverte avec la précipitation que m'inspiroit ma vive curiosité. Qu'ai-je vû ? Cher Amour de ma vie, je ne trouverai point d'expressions pour te peindre l'excès de mon étonnement, & le mortel désespoir qui m'a saisie en ne découvrant autour de moi que ce terrible élément dont la vûe seule fait frémir.

Mon premier coup d'œil ne m'a que trop éclairée sur le mouvement incommode de notre demeure. Je suis dans une de ces maisons flotantes, dont les Espagnols se sont servis pour atteindre jusqu'à nos malheureuses Contrées, & dont on ne m'avoit fait qu'une description très-imparfaite.

Conçois-tu, cher Aza, quelles idées funestes sont entrées dans mon ame avec cette affreuse connoissance ? Je suis certaine que l'on m'éloigne de toi, je ne respire plus le même air, je n'habite plus le même élément : tu ignoreras toujours où je suis, si je t'aime, si j'existe ; la destruction de mom être ne paroîtra pas même un évenement assez considérable pour être porté jusqu'à toi. Cher Arbitre de mes jours, de quel prix te peut être désormais ma vie infortunée ? Souffre que je rende à la Divinité un bienfait insupportable dont je ne veux plus jouir ; je ne te verrai plus, je ne veux plus vivre.

Je perds ce que j'aime ; l'univers est anéanti pour moi ; il n'est plus qu'un vaste desert que je remplis des cris de mon amour ; entends-les, cher objet de ma tendresse, sois-en touché, permets que je meure…

Quelle erreur me séduit ! Non, mon cher Aza, non, ce n'est pas toi qui m'ordonnes de vivre, c'est la timide nature, qui, en frémissant d'horreur, emprunte ta voix plus puissante que la sienne pour retarder une fin toujours redoutable pour elle ; mais c'en est fait, le moyen le plus prompt me délivrera de ses regrets…

Que la Mer abîme à jamais dans ses flots ma tendresse malheureuse, ma vie & mon désespoir.

Reçois, trop malheureux Aza, reçois les derniers sentimens de mon cœur, il n'a reçu que ton image, il ne vouloit vivre que pour toi, il meurt rempli de ton amour. Je t'aime, je le pense, je le sens encore, je le dis pour la derniere fois…

LETTRE SEPTIÉME.

Aza, tu n'as pas tout perdu, tu régnes encore sur un cœur ; je res-

LETTRE SEPTIÉME.

pire. La vigilance de mes Surveillans a rompu mon funeste dessein, il ne me reste que la honte d'en avoir tenté l'exécution. J'en aurois trop à t'apprendre les circonstances d'une entreprise aussitôt détruite que projettée. Oserois-je jamais lever les yeux jusqu'à toi, si tu avois été témoin de mon emportement ?

Ma raison soumise au désespoir, ne m'étoit plus d'aucun secours ; ma vie ne me paroissoit d'aucun prix, j'avois oublié ton amour.

Que le sang-froid est cruel après la fureur ! Que les points de vue sont différens sur les mêmes objets ! Dans l'horreur du désespoir on prend la férocité pour du courage, & la crainte des souffrances pour de la fermeté. Qu'un mot, un regard, une surprise nous rappelle à nous-même, nous ne trouvons que de la foiblesse pour principe de notre Héroïsme ; pour fruit, que le repentir, & que le mépris pour récompense.

La connoissance de ma faute en est la plus sévére punition. Abandonnée à l'amertume du repentir, ensevelie sous le voile de la honte, je me tiens à l'écart ; je crains que mon corps n'occupe trop de place : je voudrois le dérober à la lumiere ; mes pleurs coulent en abondance, ma douleur est calme, nul son ne l'exhale ; mais je suis toute à elle. Puis-je trop expier mon crime ? Il étoit contre toi.

En vain, depuis deux jours ces Sauvages bienfaisans voudroient me faire partager la joie qui les transporte ; je ne fais qu'en soupçonner la cause ; mais quand elle me seroit plus connue, je ne me trouverois pas digne de me mêler à leurs fêtes. Leurs danses, leurs cris de joie, une liqueur rouge semblable au Mays [24], dont ils boivent abondamment, leur empressement à contempler le Soleil par tous les endroits d'où ils peuvent l'appercevoir, ne me laisseroient pas douter que cette réjouissance ne se fît en l'honneur de l'Astre Divin, si la conduite du *Cacique* étoit conforme à celle des autres.

Mais, loin de prendre part à la joie publique, depuis la faute que j'ai commise, il n'en prend qu'à ma douleur. Son zèle est plus respectueux, ses soins plus assidus, son attention plus pénétrante.

Il a deviné que la présence continuelle des Sauvages de sa suite ajoutoit la contrainte à mon affliction ; il m'a délivrée de leurs regards importuns, je n'ai presque plus que les siens à supporter.

Le croirois-tu, mon cher Aza ? Il y a des momens, où je trouve de la douceur dans ces entretiens muets ; le feu de ses yeux me rappelle l'image de celui que j'ai vû dans les tiens ; j'y trouve des rapports qui séduisent mon cœur. Hélas que cette illusion est passagere & que les regrets qui la suivent sont durables ! ils ne finiront qu'avec ma vie, puisque je ne vis que pour toi.

LETTRE HUITIÉME.

QUAND un seul objet réunit toutes nos pensées, mon cher Aza, les événemens ne nous intéressent que par les rapports que nous y trouvons avec lui. Si tu n'étois le seul mobile de mon ame, aurois-je passé, comme je viens de faire, de l'horreur du désespoir à l'espérance la plus douce ? Le *Cacique* avoit déjà essayé plusieurs fois inutilement de me faire approcher de cette fenêtre, que je ne regarde plus sans frémir. Enfin pressée par de nouvelles instances, je m'y suis laissée conduire. Ah ! mon cher Aza, que j'ai été bien récompensée de ma complaisance !

Par un prodige incompréhensible, en me faisant regarder à travers une espèce de canne percée, il m'a fait voir la terre dans un éloignement, où sans le secours de cette merveilleuse machine, mes yeux n'auroient pu atteindre.

En même-tems, il m'a fait entendre par des signes (qui commencent à me devenir familiers) que nous allons à cette terre, & que sa vûe étoit l'unique objet des réjouissances que j'ai prises pour un sacrifice au Soleil.

J'ai senti d'abord tout l'avantage de cette découverte ; l'espérance, comme un trait de lumiere, a porté sa clarté jusqu'au fond de mon cœur.

Il est certain que l'on me conduit à cette terre que l'on m'a fait voir, il est évident qu'elle est une portion de ton Empire, puisque le Soleil y répand ses rayons bienfaisans [25]. Je ne suis plus dans les fers des cruels Espagnols. Qui pourroit donc m'empêcher de rentrer sous tes Loix ?

Oui, cher Aza, je vais me réunir à ce que j'aime. Mon amour, ma raison, mes desirs, tout m'en assure. Je vole dans tes bras, un torrent de joie se répand dans mon ame, le passé s'évanouit, mes malheurs sont finis ; ils sont oubliés, l'avenir seul m'occupe, c'est mon unique bien.

Aza, mon cher espoir, je ne t'ai pas perdu, je verrai ton visage, tes habits, ton ombre ; je t'aimerai, je te le dirai à toi-même, est-il des tourmens qu'un tel bonheur n'efface !

LETTRE NEUVIÉME.

QUE les jours sont longs quand on les compte, mon cher Aza ! Le tems ainsi que l'espace n'est connu que par ses limites. Il me semble que nos espérances sont celles du tems ; si elles nous quittent, ou qu'elles ne soient pas sensiblement marquées, nous n'en appercevons pas plus la durée que l'air qui remplit l'espace.

Depuis l'instant fatal de notre séparation, mon ame & mon cœur également flétris par l'infortune restoient ensevelis dans cet abandon total (horreur de la nature, image du néant) les jours s'écouloient sans que j'y prisse garde ; aucun espoir ne fixoit mon attention sur leur longueur : à présent que l'espérance en marque tous les instants, leur durée me paroît infinie, & ce qui me surprend davantage, c'est qu'en recouvrant la tranquilité de mon esprit, je retrouve en même-tems la facilité de penser.

Depuis que mon imagination est ouverte à la joie, une foule de pensées qui s'y présentent, l'occupent jusqu'à la fatiguer. Des projets de plaisirs & de bonheur s'y succédent alternativement ; les idées nouvelles y sont reçues avec facilité, celles mêmes dont je ne m'étois point apperçue s'y retracent sans les chercher.

Depuis deux jours, j'entens plusieurs mots de sa Langue du *Cacique* que je ne croyois pas sçavoir. Ce ne sont encore que des termes qui s'appliquent aux objets, ils n'expriment point mes pensées & ne me font point entendre celles des autres ; cependant ils me fournissent déjà quelques éclaircissemens qui m'étoient nécessaires.

Je sçais que le nom du *Cacique* est *Déterville*, celui de notre maison flottante *vaisseau*, & celui de la terre où nous allons, *France*.

Ce dernier m'a d'abord effrayée : je ne me souviens pas d'avoir entendu nommer ainsi aucune Contrée de ton Royaume ; mais faisant réflexion au nombre infini de celles qui le composent, dont les noms me sont échappés, ce mouvement de crainte s'est bien-tôt évanoui ; pouvoit-il subsister long-tems avec la solide confiance que me donne sans cesse la vûe du Soleil ? Non, mon cher Aza, cet astre divin n'éclaire que ses enfans ; le seul doute me rendroit criminelle ; je vais rentrer sous ton Empire, je touche au moment de te voir, je cours à mon bonheur.

Au milieu des transports de ma joie, la reconnoissance me prépare un plaisir délicieux, tu combleras d'honneur & de richesses le *Cacique*[26] bienfaisant qui nous rendra l'un à l'autre, il portera dans sa Province le souvenir de Zilia ; la récompense de sa vertu le rendra plus vertueux encore, & son bonheur fera ta gloire.

Rien ne peut se comparer, mon cher Aza, aux bontés qu'il a pour moi ; loin de me traiter en esclave, il semble être le mien ; j'éprouve à présent autant de complaisances de sa part que j'en éprouvois de contradictions durant ma maladie : occupé de moi, de mes inquiétudes, de mes amusemens, il paroît n'avoir plus d'autres soins. Je les reçois avec un peu moins d'embarras, depuis qu'éclairée par l'habitude & par la réflexion, je vois que j'étois dans l'erreur sur l'idolâtrie dont je le soupçonnois.

Ce n'est pas qu'il ne repéte souvent à peu près les mêmes démonstrations que je prenois pour un culte ; mais le ton, l'air & la forme qu'il y employe, me persuadent que ce n'est qu'un jeu à l'usage de sa Nation.

Il commence par me faire prononcer distinctement des mots de sa Langue. (Il sçait bien que les Dieux ne parlent point) ; dès que j'ai répeté après lui, *oui, je vous aime*, ou bien, *je vous promets d'être à vous*, la joie se répand sur son visage, il me baise les mains avec transport, & avec un air de gaieté tout contraire au sérieux qui accompagne l'adoration de la Divinité.

Tranquille sur sa Religion, je ne le suis pas entierement sur le pays d'où il tire son origine. Son langage & ses habillemens sont si différens des nôtres, que souvent ma confiance en est ébranlée. De fâcheuses réflexions couvrent quelquefois de nuages ma plus chere espérance : je passe successivement de la crainte à la joie, & de la joie à l'inquiétude.

Fatiguée de la confusion de mes idées, rebutée des incertitudes qui me déchirent, j'avois résolu de ne plus penser ; mais comment rallentir le mouvement d'une ame privée de toute communication, qui n'agit que sur elle-même, & que de si grands intérêts excitent à réfléchir ? Je ne le puis, mon cher Aza, je cherche des lumieres avec une agitation qui me dévore, & je me trouve sans cesse dans la plus profonde obscurité. Je sçavois que la privation d'un sens peut tromper à quelques égards, je vois, néanmoins avec surprise que l'usage des miens m'entraîne d'erreurs en erreurs. L'intelligence des Langues seroit-elle celle de l'ame ? Ô, cher Aza, que mes malheurs me font entrevoir de fâcheuses vérités ; mais que ces tristes pensées s'éloignent de moi ; nous touchons à la terre. La lumiere de mes jours dissipera en un moment les ténébres qui m'environnent.

LETTRE DIXIÉME.

JE suis enfin arrivée à cette Terre, l'objet de mes desirs, mon cher Aza, mais je n'y vois encore rien qui m'annonce le bonheur que je m'en étois promis, tout ce qui s'offre à mes yeux me frappe, me surprend, m'étonne, & ne me laisse qu'une impression vague, une perplexité stupide, dont je ne cherche pas même à me délivrer ; mes erreurs répriment mes jugemens, je demeure incertaine, je doute presque de ce que je vois.

À peine étions-nous sortis de la maison flotante, que nous sommes entrés dans une ville bâtie sur le rivage de la Mer. Le peuple qui nous suivoit en foule, me paroît être de la même Nation que le *Cacique*, & les maisons n'ont aucune ressemblance avec celles des villes du Soleil : si celles-là les surpassent en beauté par la richesse de leurs ornemens, celles-ci sont fort au-dessus par les prodiges dont elles sont remplies.

En entrant dans la chambre où *Déterville* m'a logée, mon cœur a tressailli ; j'ai vû dans l'enfoncement une jeune personne habillée comme une Vierge du Soleil ; j'ai couru à elle les bras ouverts. Quelle surprise, mon cher Aza, quelle surprise extrême, de ne trouver qu'une resistance impénétrable, où je voyois une figure humaine se mouvoir dans un espace fort étendu !

L'étonnement me tenoit immobile les yeux attachés sur cette ombre, quand *Déterville* m'a fait remarquer sa propre figure à côté de celle qui occupoit toute mon attention : je le touchois, je lui parlois, & je le voyois en même tems fort près & fort loin de moi.

Ces prodiges troublent la raison, ils offusquent le jugement ; que faut-il penser des habitans de ce pays ? Faut-il les craindre, faut-il les aimer ? Je me garderai bien de rien déterminer là-dessus.

Le *Cacique* m'a fait comprendre que la figure que je voyois, étoit la mienne ; mais de quoi cela m'instruit-il ? Le prodige en est-il moins grand ? Suis-je moins mortifiée de ne trouver dans mon esprit que des erreurs ou des ignorances ? Je le vois avec douleur, mon cher Aza ; les moins habiles de cette Contrée sont plus savans que tous nos *Ancutes*.

Le *Cacique* m'a donné une *China*[27] jeune & fort vive ; c'est une grande douceur pour moi que celle de revoir des femmes & d'en être servie : plusieurs autres s'empressent à me rendre des soins, & j'aimerois autant qu'elles ne le fissent pas, leur présence réveille mes craintes. À la façon dont elles me regardent, je vois bien qu'elles n'ont pas été à *Cuzcoco*[28]. Cependant je ne puis encore juger de rien, mon esprit flotte toujours dans une mer d'incertitudes ; mon cœur seul inébranlable ne desire, n'espère, & n'attend qu'un bonheur sans lequel tout ne peut être que peines.

LETTRE ONZIÉME.

QUOIQUE j'aie pris tous les soins qui sont en mon pouvoir pour découvrir quelque lumiere sur mon sort, mon cher Aza, je n'en suis pas mieux instruite que je l'étois il y a trois jours. Tout ce que j'ai pû remarquer, c'est que les Sauvages de cette Contrée paroissent aussi bons, aussi humains que le *Cacique* ; ils chantent & dansent, comme s'ils avoient tous les jours des terres à cultiver[29]. Si je m'en rapportois à l'opposition de leurs usages à ceux de notre Nation, je n'aurois plus d'espoir ; mais je me souviens que ton auguste pere a soumis à son obéissance des Provinces fort éloignées, & dont les Peuples n'avoient pas plus de rapport avec les nôtres ; pourquoi celle-ci n'en seroit-elle pas une ? Le Soleil paroît se plaire à l'éclairer, il est plus beau, plus pur que je ne l'ai jamais vû, & je me livre à la confiance qu'il m'inspire : il ne me reste d'inquiétude que sur la longueur du tems qu'il faudra passer avant de pouvoir m'éclaircir tout-à-fait sur nos intérêts ; car, mon cher Aza, je n'en puis plus douter, le seul usage de la Langue du pays pourra m'apprendre la vérité & finir mes inquiétudes.

Je ne laisse échaper aucune occasion de m'en instruire, je profite de tous les momens où Déterville me laisse en liberté pour prendre des leçons de *Ma-China* ; c'est une foible ressource, ne pouvant lui faire entendre mes pensées, je ne puis former aucun raisonnement avec elle ; je n'apprends que le nom des objets qui frappent ses yeux & les miens. Les signes du *Cacique* me sont quelquefois plus utiles. L'habitude nous en a fait une espéce de langage, qui nous sert au moins à exprimer nos volontés. Il me mena hier dans une maison, où, sans cette intelligence, je me serois fort mal conduite.

Nous entrâmes dans une chambre plus grande & plus ornée que celle que j'habite ; beaucoup de monde y étoit assemblé. L'étonnement général que l'on témoigna à ma vue me déplut, les ris excessifs que plusieurs jeunes filles s'efforçoient d'étouffer & qui recommençoient, lorsqu'elles levoient les yeux sur moi, excitoient dans mon cœur un sentiment si fâcheux, que je l'aurois pris pour de la honte, si je me fusse sentie coupable de quelque faute. Mais ne me trouvant qu'une grande répugnance à demeurer avec elles, j'allois retourner sur mes pas quand un signe de Déterville me retint.

Je compris que je commettois une faute, si je sortois, & je me gardai bien de rien faire qui méritât le blâme que l'on me donnoit sans sujet ; je restai donc, en portant toute mon attention sur ces femmes ; je crus démêler que la singularité de mes habits causoit seule la surprise des unes & les ris offensans des autres, j'eus pitié de leur foiblesse ; je ne pensai plus qu'à leur persuader par ma contenance, que mon ame ne différoit pas tant de la leur, que mes habillemens de leurs parures.

Un homme que j'aurois pris pour un *Curacas*[30] s'il n'eût été vêtu de noir, vint me prendre par la main d'un air affable, & me conduisit auprès d'une femme qu'à son air fier je pris pour la *Pallas*[31] de la Contrée. Il lui dit plusieurs paroles que je sçais pour les avoir entendues prononcer mille fois à Déterville. *Qu'elle est belle ! les beaux yeux !...* un autre homme lui répondit.

Des graces, une taille de Nymphe !... Hors les femmes qui ne dirent rien, tous répéterent à peu près les mêmes mots ; je ne sçais pas encore leur signification, mais ils expriment sûrement des idées agréables, car en les prononçant, le visage est toujours riant.

Le *Cacique* paroissoit extrêmement satisfait de ce que l'on disoit ; il se tint toujours à côté de moi, ou s'il s'en éloignoit pour parler à quelqu'un, ses yeux ne me perdoient pas de vue, & ses signes m'avertissoient de ce que je devois faire : de mon côté j'étois fort attentive à l'observer pour ne point blesser les usages d'une Nation si peu instruite des nôtres.

Je ne sçais, mon cher Aza, si je pourrai te faire comprendre combien les manieres de ces Sauvages m'ont paru extraordinaires.

Ils ont une vivacité si impatiente, que les paroles ne leur suffisant pas pour s'exprimer, ils parlent autant par le mouvement de leur corps que par le son de leur voix ; ce que j'ai vû de leur agitation continuelle, m'a pleinement persuadée du peu d'importance des démonstrations du *Cacique*, qui m'ont tant causé d'embarras & sur lesquelles j'ai fait tant de fausses conjectures.

Il baisa hier les mains de la *Pallas*, & celles de toutes les autres femmes, il les baisa même au visage (ce que je n'avois pas encore vû) : les hommes venoient l'embrasser ; les uns le prenoient par une main, les autres le tiroient par son habit, & tout cela avec une promptitude dont nous n'avons point d'idées.

À juger de leur esprit par la vivacité de leurs gestes, je suis sûre que nos expressions mesurées, que les sublimes comparaisons qui expriment si naturellement nos tendres sentimens & nos pensées affectueuses, leur paroîtroient insipides ; ils prendroient notre air sérieux & modeste pour de la stupidité ; & la gravité de notre démarche pour un engourdissement. Le croirois-tu, mon cher Aza, malgré leurs imperfections, si tu étois ici, je me plairois avec eux. Un certain air d'affabilité répandu sur tout ce qu'ils font, les rend aimables ; & si mon ame étoit plus heureuse, je trouverois du plaisir dans la diversité des objets qui se présentent successivement à mes yeux ; mais le peu de rapport qu'ils ont avec toi, efface les agrémens de leur nouveauté ; toi seul fais mon bien & mes plaisirs.

LETTRE DOUZIÉME.

J'AI passé bien du tems, mon cher Aza, sans pouvoir donner un moment à ma plus chere occupation ; j'ai cependant un grand nombre de choses extraordinaires à t'apprendre ; je profite d'un peu de loisir pour essayer de t'en instruire.

Le lendemain de ma visite chez la *Pallas*, Déterville me fit apporter un fort bel habillement à l'usage du pays. Après que ma petite *China* l'eut arrangé sur moi à sa fantaisie, elle me fit approcher de cette ingénieuse machine qui double les objets : Quoique je dûsse être accoutumée à ses effets, je ne pus encore me garantir de la surprise, en me voyant comme si j'étois vis-à-vis de moi-même.

Mon nouvel ajustement ne me déplut pas ; peut-être je regretterois davantage celui que je quitte, s'il ne m'avoit fait regarder par tout avec une attention incommode.

Le *Cacique* entra dans ma chambre au moment que la jeune fille ajoutoit encore plusieurs bagatelles à ma parure ; il s'arrêta à l'entrée de la porte & nous regarda long-tems sans parler : sa rêverie étoit si profonde, qu'il se détourna pour laisser sortir la *China* et se remit à sa place sans s'en appercevoir ; les yeux attachés sur moi, il parcouroit toute ma personne avec une attention sérieuse dont j'étois embarrassée, sans en sçavoir la raison.

Cependant afin de lui marquer ma reconnoissance pour ses nouveaux bienfaits, je lui tendis la main, & ne pouvant exprimer mes sentimens, je crûs ne pouvoir lui rien dire de plus agréable que quelques-uns des mots qu'il se plaît à me faire répéter ; je tâchai même d'y mettre le ton qu'il y donne.

Je ne sçais quel effet ils firent dans ce moment-là sur lui ; mais ses yeux s'animerent, son visage s'enflamma, il vint à moi d'un air agité, il parut vouloir me prendre dans ses bras, puis s'arrêtant tout-à-coup, il me serra fortement la main en prononçant d'une voix émuë. *Non…,… le respect… sa vertu…* & plusieurs autres mots que je n'entends pas mieux, & puis il courut se jetter sur son siége à l'autre côté de la chambre, où il demeura la tête appuyée dans ses mains avec tous les signes d'une profonde douleur.

Je fus allarmée de son état, ne doutant pas que je lui eusse causé quelques peines ; je m'approchai de lui pour lui en témoigner mon repentir ; mais il me repoussa doucement sans me regarder, & je n'osai plus lui rien dire : j'étois dans le plus grand embarras, quand les domestiques entrerent pour nous apporter à manger ; il se leva, nous mangeâmes ensemble à la maniere accoutumée sans qu'il parût d'autre suite à sa douleur qu'un peu de tristesse ; mais il n'en avoit ni moins de bonté, ni moins de douceur ; tout cela me paroît inconcevable.

Je n'osois lever les yeux sur lui ni me servir des signes, qui ordinairement nous tenoient lieu d'entretien ; cependant nous mangions dans un tems si différent de l'heure ordinaire des repas, que je ne pus m'empêcher de lui en témoigner ma surprise. Tout ce que je compris à sa réponse, fut que nous allions changer de demeure. En effet, le *Cacique* après être sorti & rentré plusieurs fois, vint me prendre par la main ; je me laissai conduire, en rêvant toujours à ce qui s'étoit passé, & en cherchant à démêler si le changement de lieu n'en étoit pas une suite.

À peine eus-je passé la derniere porte de la maison, qu'il m'aida à monter un pas assez haut, & je me trouvai dans une petite chambre où l'on ne peut se tenir debout sans incommodité ; mais nous y fûmes assis fort à l'aise, le *Cacique*, la *China* & moi ; ce petit endroit est agréablement meublé, une fenêtre de chaque côté l'éclaire suffisamment, mais il n'y a pas assez d'espace pour y marcher.

Tandis que je le considérois avec surprise, & que je tâchois de deviner pourquoi Déterville nous enfermoit si étroitement (ô, mon cher Aza ! que les prodiges sont familiers dans ce pays) je sentis cette machine ou cabane (je ne sçais comment la nommer) je la sentis se mouvoir & changer de place ; ce mouvement me fit penser à la maison flotante : la frayeur me saisit ; le *Cacique* attentif à mes moindres inquiétudes me rassura en me faisant regarder par une des fenêtres, je vis (non sans une surprise extrême) que cette machine suspendue assez près de la terre, se mouvoit par un secret que je ne comprenois pas.

Déterville me fit aussi voir que plusieurs *Hamas*[32] d'une espèce qui nous est inconnue, marchoient devant nous & nous traînoient après eux ; il faut, ô lumiere de mes jours, un génie plus qu'humain pour inventer des choses si utiles & si singulieres ; mais il faut aussi qu'il y ait dans cette Nation quelques grands défauts qui modérent sa puissance, puisqu'elle n'est pas la maitresse du monde entier.

Il y a quatre jours qu'enfermés dans cette merveilleuse machine, nous n'en sortons que la nuit pour reprendre du repos dans la premiere habitation qui se rencontre, & je n'en sors jamais sans regret. Je te l'avouë, mon cher Aza, malgré mes tendres inquiétudes j'ai goûté pendant ce voyage des plaisirs qui m'étoient inconnus. Ren-

LETTRE DOUZIÉME.

fermée dans le Temple dès ma plus tendre enfance, je ne connoissois pas les beautés de l'univers ; tout ce que je vois me ravit & m'enchante.

Les campagnes immenses, qui se changent & se renouvellent sans cesse à des regards attentifs emportent l'ame avec plus de rapidité que l'on ne les traverse.

Les yeux sans se fatiguer parcourent, embrassent & se reposent tout à la fois sur une variété infinie d'objets admirables : on croit ne trouver de bornes à sa vue que celles du monde entier ; cette erreur nous flatte, elle nous donne une idée satisfaisante de notre propre grandeur, & semble nous rapprocher du Créateur de tant de merveilles.

À la fin d'un beau jour, le Ciel n'offre pas un spectacle moins admirable que celui de la terre ; des nuées transparentes assemblées autour du Soleil, teintes des plus vives couleurs, nous présentent de toutes parts des montagnes d'ombre & de lumiere, dont le majestueux désordre attire notre admiration jusqu'à l'oubli de nous-mêmes.

Le *Cacique* a eu la complaisance de me faire sortir tous les jours de la cabane roulante pour me laisser contempler à loisir les merveilles qu'il me voyoit admirer.

Que les bois sont délicieux, ô mon cher Aza ! si les beautés du Ciel & de la terre nous emportent loin de nous par un ravissement involontaire, celles des forêts nous y ramènent par un attrait intérieur, incompréhensible, dont la seule nature a le secret. En entrant dans ces beaux lieux, un charme universel se répand sur tous les sens & confond leur usage. On croit voir la fraîcheur avant de la sentir ; les différentes nuances de la couleur des feuilles adoucissent la lumière qui les pénètre, & semblent frapper le sentiment aussi-tôt que les yeux. Une odeur agréable, mais indéterminée, laisse à peine discerner si elle affecte le goût ou l'odorat ; l'air même sans être apperçu, porte dans tout notre être une volupté pure qui semble nous donner un sens de plus, sans pouvoir en désigner l'organe.

Ô, mon cher Aza ! que ta présence embelliroit des plaisirs si purs ! Que j'ai desiré de les partager avec toi ! Témoin de mes tendres pensées, je t'aurois fait trouver dans les sentimens de mon cœur des charmes encore plus touchans que tous ceux des beautés de l'univers.

LETTRE TREIZIÉME.

ME voici enfin, mon cher Aza, dans une ville nommée Paris, c'est le terme de notre voyage, mais selon les apparences, ce ne sera pas celui de mes chagrins.

Depuis que je suis arrivée, plus attentive que jamais sur tout ce qui se passe, mes découvertes ne me produisent que du tourment & ne me présagent que des malheurs : je trouve ton idée dans le moindre de mes desirs curieux, & je ne la rencontre dans aucun des objets qui s'offrent à ma vûe.

Autant que j'en puis juger par le tems que nous avons employé à traverser cette ville, & par le grand nombre d'habitans dont les rues sont remplies, elle contient plus de monde que n'en pourroient rassembler deux ou trois de nos Contrées.

Je me rappelle les merveilles que l'on m'a racontées *de Quitu* ; je cherche à trouver ici quelques traits de la peinture que l'on m'a faite de cette grande ville ; mais, hélas ! quelle différence !

Celle-ci contient des ponts, des rivieres, des arbres, des campagnes ; elle me paroît un univers plûtôt qu'une habitation particuliere. J'essayerois en vain de te donner une idée juste de la hauteur des maisons ; elles sont si prodigieusement élevées, qu'il est plus facile de croire que la nature les a produites telles qu'elles sont, que de comprendre comment des hommes ont pû les construire.

C'est ici que la famille du *Cacique* fait sa résidence… La maison qu'elle habite est presque aussi magnifique que celle du Soleil ; les meubles & quelques endroits des murs sont d'or ; le reste est orné d'un tissu varié des plus belles couleurs qui représentent assez bien les beautés de la nature.

En arrivant, Déterville me fit entendre qu'il me conduisoit dans la chambre de sa mere. Nous la trouvâmes à demi couchée sur un lit à peu près de la même forme que celui des *Incas* & de même métal[33]. Après avoir présenté sa main au *Cacique*, qui la baisa en se prosternant presque jusqu'à terre, elle l'embrassa ; mais avec une bonté si froide, une joie si contrainte, que si je n'eusse été avertie, je n'aurois pas reconnu les sentimens de la nature dans les caresses de cette mere.

Après s'être entretenus un moment, le *Cacique* me fit approcher ; elle jetta sur moi un regard dédaigneux, & sans répondre à ce que son fils lui disoit, elle continua d'entourer gravement ses doigts d'un cordon qui pendoit à un petit morceau d'or.

Déterville nous quitta pour aller au-devant d'un grand homme de bonne mine qui avoit fait quelques pas vers lui ; il l'embrassa aussi-bien qu'une autre femme qui étoit occupée de la même maniere que la *Pallas*.

Dès que le Cacique avoit paru dans cette chambre, une jeune fille à peu près de mon âge étoit accourue ; elle se suivoit avec un empressement timide qui étoit remarquable. La joye éclatoit sur son visage sans en bannir un fond de tristesse intéressant. Déterville l'embrassa la derniere, mais avec une tendresse si naturelle que mon cœur s'en émut. Hélas ! mon cher Aza, quels seroient nos transports, si après tant de malheurs le sort nous réunissoit !

Pendant ce tems, j'étois restée auprès de la *Pallas* par respect [34], je n'osois m'en éloigner, ni lever les yeux sur elle. Quelques regards sévéres qu'elle jettoit de tems en tems sur moi, achevoient de m'intimider & me donnoient une contrainte qui gênoit jusqu'à mes pensées.

Enfin, comme si la jeune fille eût deviné mon embarras, après avoir quitté Déterville, elle vint me prendre par la main & me conduisit près d'une fenêtre où nous nous assîmes. Quoique je n'entendisse rien de ce qu'elle me disoit, ses yeux pleins de bonté me parloient le langage universel des cœurs bienfaisans ; ils m'inspiroient la confiance & l'amitié : j'aurois voulu lui témoigner mes sentimens ; mais ne pouvant m'exprimer selon mes desirs, je prononçai tout ce que je sçavois de sa Langue.

Elle en sourit plus d'une fois en regardant Déterville d'un air fin & doux. Je trouvois du plaisir dans cette espéce d'entretien, quand la *Pallas* prononça quelques paroles assez haut en regardant la jeune fille, qui baissa les yeux, repoussa ma main qu'elle tenoit dans les siennes, & ne me regarda plus.

À quelque tems de là, une vieille femme d'une phisionomie farouche entra, s'approcha de la *Pallas*, vint ensuite me prendre par le bras, me conduisit presque malgré moi dans une chambre au plus haut de la maison & m'y laissa seule.

Quoique ce moment ne dût pas être le plus malheureux de ma vie, mon cher Aza, il n'a pas été un des moins fâcheux à passer. J'attendois de la fin de mon voyage quelques soulagemens à mes inquiétudes ; je comptois du moins trouver dans la famille du *Cacique* les mêmes bontés qu'il m'avoit témoignées. Le froid accueil de la *Pallas*, le changement subit des manieres de la jeune fille, la rudesse de cette femme qui m'avoit arrachée d'un lieu où j'avois intérêt de rester, l'inattention de Déterville qui ne s'étoit point opposé à l'espéce de violence qu'on m'avoit faite ; enfin toutes les circonstances dont une ame malheureuse sçait augmenter ses peines, se présentérent à la fois sous les plus tristes aspects ; je me croyois abandonnée de tout le monde, je déplorois amerement mon affreuse destinée, quand je vis entrer *ma China*. Dans la situation où j'étois, sa vûe me parut *un bien essentiel* ; je courus à elle, je l'embrassai en versant des larmes, elle en fut touchée, *son attendrissement me fut cher. Quand on se croit réduit à la pitié de soi-même, celle des autres nous est bien prétieuse.* Les marques d'affection de cette jeune fille adoucirent ma peine : je lui contois mes chagrins comme si elle eût pû m'entendre, je lui faisois mille questions, comme si elle eût pû y répondre ; ses larmes parloient à mon cœur, les miennes continuoient à couler, mais elles avoient moins d'amertume.

Je crûs qu'au moins, je verrois Déterville à l'heure du repas ; mais on me servit à manger, & je ne le vis point. Depuis que je t'ai perdu, chere idole de mon cœur, ce *Cacique* est le seul humain qui ait eu pour moi de la bonté *sans interruption ; l'habitude de le voir s'est tournée en besoin.* Son absence redoubla ma tristesse ; après l'avoir attendu vainement, je me couchai ; mais le sommeil n'avoit point encore tari mes larmes ; je le vis entrer dans ma chambre, suivi de la jeune personne dont le brusque dédain m'avoit été si sensible.

Elle se jetta sur mon lit, & par mille caresses elle sembloit vouloir réparer le mauvais traitement qu'elle m'avoit fait.

Le *Cacique* s'assit à côté du lit ; il paroissoit avoir autant de plaisir à me revoir que j'en sentois de n'en être point abandonnée ; ils se parloient en me regardant, & m'accabloient des plus tendres marques d'affection.

Insensiblement leur entretien devint plus sérieux. Sans entendre leurs discours, il m'étoit aisé de juger qu'ils étoient fondés sur la confiance & l'amitié ; je me gardai bien de les interrompre, mais si-tôt qu'ils revinrent à moi, je tâchai de tirer du *Cacique* des éclaircissemens, sur ce qui m'avoit paru de plus extraordinaire depuis mon arrivée.

Tout ce que je pus comprendre à ses réponses, fut que la jeune fille que je voyois, se nommoit Céline, qu'elle étoit sa sœur, que le grand homme que j'avois vû dans la chambre de la *Pallas*, étoit son frère aîné, & l'autre jeune femme son épouse.

Céline me devint plus chere, en apprenant qu'elle étoit sœur du *Cacique* ; la compagnie de l'un & de l'autre m'étoit si agréable que je ne m'apperçus point qu'il étoit jour avant qu'ils me quittassent.

Après leur départ, j'ai passé le reste du tems, destiné au repos, à m'entretenir avec toi, c'est tout mon bien, c'est toute ma joye, c'est à toi seul, chere ame de mes pensées, que je dévelope mon cœur, tu seras à jamais le seul dépositaire de mes secrets, de ma tendresse & de mes sentimens.

LETTRE QUATORZIÉME.

SI je continuois, mon cher Aza, à prendre sur mon sommeil le tems que je te donne, je ne jouirois plus de ces momens délicieux où je n'existe que pour toi. On m'a fait reprendre mes habits de vierge, & l'on m'oblige de rester tout le jour dans une chambre remplie d'une foule de monde qui se change & se renouvelle à tout moment sans presque diminuer.

Cette dissipation involontaire m'arrache souvent malgré moi à mes tendres pensées ; mais si je perds pour quelques instans cette attention vive qui unit sans cesse mon ame à la tienne, je te retrouve bientôt dans les comparaisons avantageuses que je fais de toi avec tout ce qui m'environne.

Dans les différentes Contrées que j'ai parcourues, je n'ai point vû des Sauvages si orgueilleusement familiers que ceux-ci. Les femmes sur-tout me paroissent avoir une bonté méprisante qui révolte l'humanité & qui m'inspireroit peut-être autant de mépris pour elles qu'elles en témoignent pour les autres, si je les connoissois mieux.

Une d'entr'elles m'occasionna hier un affront, qui m'afflige encore aujourd'hui. Dans le tems que l'assemblée étoit la plus nombreuse, elle avoit déja parlé à plusieurs personnes sans m'appercevoir ; soit que le hazard, ou que quelqu'un m'ait fait remarquer, elle fit, en jettant les yeux sur moi, un éclat de rire, quitta précipitamment sa place, vint à moi, me fit lever, & après m'avoir tournée & retournée autant de fois que sa vivacité le lui suggera, après avoir touché tous les morceaux de mon habit avec une attention scrupuleuse, elle fit signe à un jeune homme de s'approcher & recommença avec lui l'examen de ma figure.

Quoique je répugnasse à la liberté que l'un & l'autre se donnoient, la richesse des habits de la femme, me la faisant prendre pour une *Pallas*, & la magnificence de ceux du jeune homme tout couvert de plaques d'or, pour un *Anqui*[35] ; je n'osois m'opposer à leur volonté ; mais ce Sauvage téméraire enhardi par la familiarité de la *Pallas*, & peut-être par ma retenue, ayant eu l'audace de porter la main sur ma gorge, je le repoussai avec une surprise & une indignation qui lui firent connoître que j'étois mieux instruite que lui des loix de l'honnêteté.

Au cri que je fis, Déterville accourut : il n'eut pas plûtôt dit quelques paroles au jeune *Sauvage*, que celui-ci s'appuyant d'une main sur son épaule, fit des ris si violens, que sa figure en étoit contrefaite.

Le *Cacique* s'en débarassa, & lui dit, en rougissant, des mots d'un ton si froid, que la gaieté du jeune homme s'évanouit, & n'ayant apparemment plus rien à répondre, il s'éloigna sans répliquer & ne revint plus.

Ô, mon cher Aza, que les mœurs de ce pays me rendent respectables celles des enfans du Soleil ! Que la témérité du jeune *Anqui* rappelle cherement à mon souvenir ton tendre respect, la sage retenue & les charmes de l'honnêteté qui régnoient dans nos entretiens ! Je l'ai senti au premier moment de ta vue, cheres délices de mon ame, & je le penserai toute ma vie. Toi seul réunis toutes les perfections que la nature a répandues séparément sur les humains, comme elle a rassemblé dans mon cœur tous les sentimens de tendresse & d'admiration qui m'attachent à toi jusqu'à la mort.

LETTRE QUINZIÉME.

PLus je vis avec le *Cacique* & sa sœur, mon cher Aza, plus j'ai de peine à me persuader qu'ils soient de cette Nation, eux seuls connoissent & respectent la vertu.

Les manieres simples, la bonté naïve, la modeste gaieté de Céline feroient volontiers penser qu'elle a été élevée parmi nos Vierges. La douceur honnête, le tendre sérieux de son frère, persuaderoient facilement qu'il est né du sang des Incas. L'un & l'autre me traitent avec autant d'humanité que nous en exercerions à leurs égards, si des malheurs les eussent conduits parmi nous. Je ne doute même plus que le *Cacique* ne soit bon tributaire [36].

Il n'entre jamais dans ma chambre, sans m'offrir un présent de choses merveilleuses dont cette contrée abonde : tantôt ce sont des morceaux de la machine qui double les objets, renfermés dans de petits coffres d'une matiere admirable. Une autre fois ce sont des pierres légeres & d'un éclat surprenant, dont on orne ici presque toutes les parties du corps ; on en passe aux oreilles, on en met sur l'estomac, au col, sur la chaussure, & cela est très agréable à voir.

Mais ce que je trouve de plus amusant, ce sont de petits outils d'un métal fort dur, & d'une commodité singuliere ; les uns servent à composer des ouvrages que Céline m'apprend à faire ; d'autres d'une forme tranchante servent à diviser toutes sortes d'étoffes, dont on fait tant de morceaux que l'on veut sans effort, & d'une maniere fort divertissante.

J'ai une infinité d'autres raretés plus extraordinaires encore, mais n'étant point à notre usage, je ne trouve dans notre langue aucuns termes qui puissent t'en donner l'idée.

Je te garde soigneusement tous ces dons, mon cher Aza ; outre le plaisir que j'aurai de ta surprise, lorsque tu les verras, c'est qu'assurément ils sont à toi. Si le *Cacique* n'étoit soumis à ton obéissance, me payeroit-il un tribut qu'il sçait n'être dû qu'à ton rang suprême ? Les respects qu'il m'a toujours rendus m'ont fait penser que ma naissance lui étoit connue. Les présens dont il m'honore me persuadent sans aucun doute, qu'il n'ignore pas que je dois être ton Épouse, puisqu'il me traite d'avance en *Mama-Oella* [37].

Cette conviction me rassure & calme une partie de mes inquiétudes ; je comprends qu'il ne me manque que la liberté de m'exprimer pour sçavoir du *Cacique* les raisons qui l'engagent à me retenir chez lui, & pour le déterminer à me remettre en ton pouvoir ; mais jusques-là j'aurai encore bien des peines à souffrir.

Il s'en faut beaucoup que l'humeur de *Madame* (c'est le nom de la mère de Déterville) ne soit aussi aimable que celle de ses enfans. Loin de me traiter avec autant de bonté, elle me marque en toutes occasions une froideur & un dédain qui me mortifient, sans que je puisse y remédier, ne pouvant en découvrir la cause ; Et par une opposition de sentimens que je comprends encore moins, elle éxige que je sois continuellement avec elle.

C'est pour moi une gêne insupportable ; la contrainte régne par tout où elle est : ce n'est qu'à la dérobée que Céline & son frère me font des signes d'amitié. Eux-mêmes n'osent se parler librement devant elle. Aussi continuent-ils à passer une partie des nuits dans ma chambre, c'est le seul tems où nous joüissons en paix du plaisir de nous voir. Et quoique je ne participe guères à leurs entretiens, leur présence m'est toujours agréable. Il ne tient pas aux soins de l'un & de l'autre que je ne sois heureuse. Hélas ! mon cher Aza, ils ignorent que je ne puis l'être loin de toi, & que je ne crois vivre qu'autant que ton souvenir & ma tendresse m'occupent toute entière.

LETTRE SEIZIÉME.

IL me reste si peu de *Quipos*, mon cher Aza, qu'à peine j'ose en faire usage. Quand je veux les nouer, la crainte de les voir finir m'arrête, comme si en les épargnant je pouvois les multiplier. Je vais perdre le plaisir de mon ame, le soûtien de ma vie, rien ne soulagera le poids de ton absence, j'en serai accablée.

Je goûtois une volupté délicate à conserver le souvenir des plus secrets mouvemens de mon cœur pour t'en offrir l'hommage. Je voulois conserver la mémoire des principaux usages de cette nation singuliere pour amuser ton loisir dans des jours plus heureux. Hélas ! il me reste bien peu d'espérance de pouvoir éxécuter mes projets.

Si je trouve à présent tant de difficultés à mettre de l'ordre dans mes idées, comment pourrai-je dans la suite me les rappeler sans un secours étranger ? On m'en offre un, il est vrai, mais l'éxécution en est si difficile, que je la crois impossible.

Le *Cacique* m'a amené un Sauvage de cette Contrée qui vient tous les jours me donner des leçons de sa langue, & de la méthode de donner une sorte d'éxistence aux pensées. Cela se fait en traçant avec une plume des petites figures que l'on appelle *Lettres*, sur une matiere blanche & mince que l'on nomme *papier* ; ces figures ont des noms, ces noms mêlés ensemble représentent les sons des paroles ; mais ces noms & ces sons me paroissent si peu distincts les uns des autres, que si je réussis un jour à les entendre, je suis bien assurée que ce ne sera pas sans beaucoup de peines. Ce pauvre Sauvage s'en donne d'incroiables pour m'instruire, je m'en donne bien davantage pour apprendre ; cependant je fais si peu de progrès que je renoncerois à l'entreprise, si je savois qu'une autre voye pût m'éclaircir de ton sort & du mien.

Il n'en est point, mon cher Aza ! aussi ne trouvai je plus de plaisir que dans cette nouvelle & singulière étude. Je voudrois vivre seule : tout ce que je vois me déplaît, & la nécessité que l'on m'impose d'être toujours dans la chambre de *Madame* me devient un supplice.

Dans ses commencemens, en excitant la curiosité des autres, j'amusois la mienne ; mais quand on ne peut faire usage que des yeux, ils sont bientôt satisfaits. Toutes les femmes se ressemblent, elles ont toujours les mêmes manières, & je crois qu'elles disent toujours les mêmes choses. Les apparences sont plus variées dans les hommes. Quelques-uns ont l'air de penser ; mais en général je soupçonne cette nation de n'être point telle qu'elle paroît ; l'affectation me paroît son caractère dominant.

Si les démonstrations de zèle & d'empressement, dont on décore ici les moindres devoirs de la société, étoient naturels, il faudrait, mon cher Aza, que ces peuples eussent dans le cœur plus de bonté, plus d'humanité que les nôtres, cela se peut-il penser ?

S'ils avoient autant de sérénité dans l'ame que sur le visage, si le penchant à la joye, que je remarque dans toutes leurs actions, étoit sincere, choisiroient-ils pour leurs amusemens des spectacles, tels que celui que l'on m'a fait voir ?

On m'a conduite dans un endroit, ou l'on représente à peu près comme dans ton Palais, les actions des hommes qui ne sont plus [38] ; mais si nous ne rappellons que la mémoire des plus sages & des plus vertueux, je crois qu'ici on ne célébre que les insensés & les méchans. Ceux qui les représentent, crient & s'agitent comme des furieux ; j'en ai vû un pousser sa rage jusqu'à se tuer lui-même. De belles femmes, qu'apparemment ils persécutent, pleurent sans cesse, & font des gestes de désespoir, qui n'ont pas besoin des paroles dont ils sont accompagnés, pour faire connoître l'excès de leur douleur.

Pourroit-on croire, mon cher Aza, qu'un peuple entier, dont les dehors sont si humains, se plaise à la représentation des malheurs ou des crimes qui ont autrefois avili, ou accablé leurs semblables ?

Mais, peut-être a-t-on besoin ici de l'horreur du vice pour conduire à la vertu ; cette pensée me vient sans la chercher, si elle étoit juste, que je plaindrois cette nation ! La nôtre plus favorisée de la nature, chérit le bien par ses propres attraits ; il ne nous faut que des modèles de vertu pour devenir vertueux, comme il ne faut que t'aimer pour devenir aimable.

LETTRE DIX-SEPTIÉME.

JE ne sçais plus que penser du génie de cette nation, mon cher Aza. Il parcourt les extrêmes avec tant de rapidité, qu'il faudroit être plus habile que je ne le suis pour asseoir un jugement sur son caractère.

On m'a fait voir un spectacle totalement opposé au premier. Celui-là cruel, effrayant, révolte la raison, & humilie l'humanité. Celui-ci amusant, agréable, imite la nature, & fait honneur au bon sens. Il est composé d'un bien plus grand nombre d'hommes & de femmes que le premier. On y représente aussi quelques actions de la vie humaine ; mais soit que l'on exprime la peine ou le plaisir, la joie ou la tristesse, c'est toujours par des chants & des danses.

Il faut, mon cher Aza, que l'intelligence des sons soit universelle, car il ne m'a pas été plus difficile de m'affecter des différentes passions que l'on a représentées, que si elles eussent été exprimées dans notre langue, & cela me paroît bien naturel.

LETTRE DIX-SEPTIÉME.

Le langage humain est sans doute de l'invention des hommes, puisqu'il differe suivant les differentes nations. La nature plus puissante & plus attentive aux besoins & aux plaisirs de ses créatures leur a donné des moyens généraux de les exprimer, qui sont fort bien imités par les chants que j'ai entendus.

S'il est vrai que des sons aigus expriment mieux le besoin de secours dans une crainte violente ou dans une douleur vive, que des paroles entendues dans une partie du monde, & qui n'ont aucune signification dans l'autre, il n'est pas moins certain que de tendres gémissemens frapent nos cœurs d'une compassion bien plus efficace que des mots dont l'arrangement bizarre fait souvent un effet contraire.

Les sons vifs & légers ne portent-ils pas inévitablement dans notre ame le plaisir gay, que le récit d'une histoire divertissante, ou une plaisanterie adroite n'y fait jamais naître qu'imparfaitement ?

Est-il dans aucune langue des expressions qui puissent communiquer le plaisir ingénu avec autant de succès que font les jeux naïfs des animaux ? Il semble que les danses veulent les imiter, du moins inspirent-elles à peu près le même sentiment.

Enfin, mon cher Aza, dans ce spectacle tout est conforme à la nature & à l'humanité. Eh ! quel bien peut-on faire aux hommes, qui égale celui de leur inspirer de la joie ?

J'en ressentis moi-même & j'en emportois presque malgré moi, quand elle fut troublée par un accident qui arriva à Céline.

En sortant, nous nous étions un peu écartées de la foule, & nous nous soutenions l'une & l'autre de crainte de tomber. Déterville étoit quelques pas devant nous avec sa belle-sœur qu'il conduisoit, lorsqu'un jeune Sauvage d'une figure aimable aborda Céline, lui dit quelques mots fort bas, lui laissa un morceau de papier qu'à peine elle eut la force de recevoir, & s'éloigna.

Céline qui s'étoit effrayée à son abord jusqu'à me faire partager le tremblement qui la saisit, tourna la tête languissamment vers lui lorsqu'il nous quitta. Elle me parut si foible, que la croyant attaquée d'un mal subit, j'allois appeller Déterville pour la secourir ; mais elle m'arrêta & m'imposa silence en me mettant un de ses doigts sur la bouche ; j'aimai mieux garder mon inquiétude, que de lui désobéir.

Le même soir quand le frère & la sœur se furent rendus dans ma chambre, Céline montra au *Cacique* le papier qu'elle avoit reçû ; sur le peu que je devinai de leur entretien, j'aurois pensé qu'elle aimoit le jeune homme qui le lui avoit donné, s'il étoit possible que l'on s'effrayât de la présence de ce qu'on aime.

Je pourrois encore, mon cher Aza, te faire part de beaucoup d'autres remarques que j'ai faites ; mais hélas ! je vois la fin de mes cordons, j'en touche les derniers fils, j'en noue les derniers nœuds ; ces nœuds qui me sembloient être une chaîne de communication de mon cœur au tien, ne sont déjà plus que les tristes objets de mes regrets. L'illusion me quitte, l'affreuse vérité prend sa place, mes pensées errantes, égarées dans le vuide immense de l'absence, s'anéantiront désormais avec la même rapidité que le tems. Cher Aza, il me semble que l'on nous sépare encore une fois, que l'on m'arrache de nouveau à ton amour. Je te perds, je te quitte, je ne te verrai plus, Aza ! cher espoir de mon cœur, que nous allons être éloignez l'un de l'autre !

LETTRE DIX-HUITIÉME.

COMBIEN de tems effacé de ma vie, mon cher Aza ! Le Soleil a fait la moitié de son cours depuis la dernière fois que j'ai joui du bonheur artificiel que je me faisois en croyant m'entretenir avec toi. Que cette double absence m'a paru longue ! Quel courage ne m'a-t-il pas fallu pour la supporter ? Je ne vivois que dans l'avenir, le présent ne me paroissoit plus digne d'être compté. Toutes mes pensées n'étoient que des desirs, toutes mes réflexions que des projets, tous mes sentimens que des espérances.

À peine puis-je encore former ces figures, que je me hâte d'en faire les interprêtes de ma tendresse.

Je me sens ranimer par cette tendre occupation. Rendue à moi-même, je crois recommencer à vivre. Aza, que tu m'es cher, que j'ai de joie à te le dire, à le peindre, à donner à ce sentiment toutes les sortes d'existences qu'il peut avoir ! Je voudrois le tracer sur le plus dur métal, sur les murs de ma chambre, sur mes habits, sur tour ce qui m'environne, & l'exprimer dans toutes les langues.

Hélas ! que la connoissance de celle dont je me sers à présent m'a été funeste, que l'espérance qui m'a portée à m'en instruire étoit trompeuse ! À mesure que j'en ai acquis l'intelligence, un nouvel univers s'est offert à mes yeux. Les objets ont pris une autre forme, chaque éclaircissement m'a découvert un nouveau malheur.

Mon esprit, mon cœur, mes yeux, tout m'a séduit, le Soleil même m'a trompée. Il éclaire le monde entier dont ton empire n'occupe qu'une portion, ainsi que bien d'autres Royaumes qui le composent. Ne crois pas, mon cher Aza, que l'on m'ait abusée sur ces faits incroyables : on ne me les a que trop prouvés.

Loin d'être parmi des peuples soumis à ton obéissance, je suis non seulement sous une Domination Étrangére, éloignée de ton Empire par une distance si prodigieuse, que notre nation y seroit encore ignorée, si la cupidité des Espagnols ne leur avoit fait surmonter des dangers affreux pour pénétrer jusqu'à nous.

L'amour ne fera-t-il pas ce que la soif des richesses a pu faire ? Si tu m'aimes, si tu me desires, si seulement tu penses encore à la malheureuse Zilia, je dois tout attendre de ta tendresse ou de ta générosité. Que l'on m'enseigne les chemins qui peuvent me conduire jusqu'à toi, les périls à surmonter, les fatigues à supporter seront des plaisirs pour mon cœur.

LETTRE DIX-NEUVIÉME.

JE suis encore si peu habile dans l'art d'écrire, mon cher Aza, qu'il me faut un tems infini pour former très-peu de lignes. Il arrive souvent qu'après avoir beaucoup écrit, je ne puis deviner moi-même ce que j'ai cru exprimer. Cet embarras brouille mes idées, me fait oublier ce que j'ai retracé avec peine à mon souvenir ; je recommence, je ne fais pas mieux, & cependant je continue.

J'y trouverois plus de facilité, si je n'avois à te peindre que les expressions de ma tendresse ; la vivacité de mes sentimens applaniroit toutes les difficultés.

Mais je voudrois aussi te rendre compte de tout ce qui s'est passé pendant l'intervalle de mon silence. Je voudrois que tu n'ignorasses aucune de mes actions ; néanmoins elles sont depuis long-tems si peu intéressantes, & si peu uniformes, qu'il me seroit impossible de les distinguer les unes des autres.

Le principal événement de ma vie a été le départ de Déterville.

Depuis un espace de tems que l'on nomme *six mois*, il est allé faire la Guerre pour les intérêts de son Souverain. Lorsqu'il partit, j'ignorois encore l'usage de sa langue ; cependant à la vive douleur qu'il fit paroître en se séparant de sa sœur & de moi, je compris que nous le perdions pour long-tems.

J'en versai bien des larmes ; mille craintes remplirent mon cœur, que les bontés de Céline ne purent effacer. Je perdois en lui la plus solide espérance de te revoir. À qui pourrois-je avoir recours, s'il m'arrivoit de nouveaux malheurs ? Je n'étois entendue de personne.

Je ne tardai pas à se sentir les effets de cette absence. Madame sa mere, dont je n'avois que trop deviné le dédain (& qui ne m'avoit tant retenue dans sa chambre, que par je ne sçais quelle vanité qu'elle tiroit, dit-on, de ma naissance & du pouvoir qu'elle a sur moi) me fit enfermer avec Céline dans une maison de Vierges, où nous sommes encore. La vie que l'on y mene est si uniforme, qu'elle ne peut produire que des événemens peu considérables.

Cette retraite ne me déplairoit pas, si au moment où je suis en état de tout entendre, elle ne me privoit des instructions dont j'ai besoin sur le dessein que je forme d'aller te rejoindre. Les Vierges qui l'habitent sont d'une ignorance si profonde, qu'elles ne peuvent satisfaire à mes moindres curiosités.

Le culte qu'elles rendent à la Divinité du pays, exige qu'elles renoncent à tous ses bienfaits, aux connoissances de l'esprit, aux sentimens du cœur, & je crois même à la raison, du moins leur discours le fait-il penser.

Enfermées comme les nôtres, elles ont un avantage que l'on n'a pas dans les Temples du Soleil : ici les murs ouverts en quelques endroits, & seulement fermés par des morceaux de fer croisés, assez près l'un de l'autre, pour empêcher de sortir, laissent la liberté de voir & d'entretenir les gens du dehors, c'est ce qu'on appelle des Parloirs.

C'est à la faveur d'un de cette commodité, que je continue à prendre des leçons d'écriture. Je ne parle qu'au maître qui me les donne ; son ignorance à tous autres égards qu'à celui de son art, ne peut me tirer de la mienne. Céline ne me paroît pas mieux instruite ; je remarque dans les réponses qu'elle fait à mes questions,

LETTRE DIX-NEUVIÉME.

un certain embarras qui ne peut partir que d'une dissimulation maladroite ou d'une ignorance honteuse. Quoi qu'il en soit, son entretien est toujours borné aux intérêts de son cœur & à ceux de sa famille.

Le jeune François qui lui parla un jour en sortant du Spectacle, où l'on chante, est son Amant, comme j'avois cru le deviner.

Mais Madame Déterville, qui ne veut pas les unir, lui défend de le voir, & pour l'en empêcher plus surement, elle ne veut pas même qu'elle parle à qui que ce soit.

Ce n'est pas que son choix soit indigne d'elle, c'est que cette mere glorieuse & dénaturée, profite d'un usage barbare, établi parmi les Grands Seigneurs de ce pays, pour obliger Céline à prendre l'habit de Vierge, afin de rendre son fils aîné plus riche.

Par le même motif, elle a déjà obligé Déterville à choisir un certain Ordre, dont il ne pourra plus sortir, dès qu'il aura prononcé des paroles que l'on appelle *Vœux*.

Céline résiste de tout son pouvoir au sacrifice que l'on éxige d'elle ; son courage est soutenu par des Lettres de son Amant, que je reçois de mon Maître à écrire, & que je lui rends ; cependant son chagrin apporte tant d'altération dans son caractère, que loin d'avoir pour moi les mêmes bontés qu'elle avoit avant que je parlasse sa langue, elle répand sur notre commerce une amertume qui aigrit mes peines.

Confidente perpétuelle des siennes, je l'écoute sans ennui, je la plains sans effort, je la console avec amitié ; & si ma tendresse réveillée par la peinture de la sienne, me fait chercher à soulager l'oppression de mon cœur, en prononçant seulement ton nom, l'impatience & le mépris se peignent sur son visage, elle me conteste ton esprit, tes vertus, & jusqu'à ton amour.

Ma China même (je ne lui sçai point d'autre nom, celui-là a paru plaisant, on le lui a laissé) ma China, qui sembloit m'aimer, qui m'obéit en toutes autres occasions, se donne la hardiesse de m'exhorter à ne plus penser à toi, ou si je lui impose silence, elle sort : Céline arrive, il faut renfermer mon chagrin.

Cette contrainte tirannique met le comble à mes maux. Il ne me reste que la seule & penible satisfaction de couvrir ce papier des expressions de ma tendresse, puisqu'il est le seul témoin docile des sentimens de mon cœur.

Hélas ! je prends peut-être des peines inutiles, peut-être ne sauras-tu jamais que je n'ai vécu que pour toi. Cette horrible pensée affaiblit mon courage, sans rompre le dessein que j'ai de continuer à t'écrire. Je conserve mon illusion pour te conserver ma vie, j'écarte la raison barbare qui voudroit m'éclairer ; si je n'espérois te revoir, je périrois, mon cher Aza, j'en suis certaine ; sans toi la vie m'est un supplice.

LETTRE VINGTIÉME.

JUsqu'ici, mon cher Aza, toute occupée des peines de mon cœur, je ne t'ai point parlé de celles de mon esprit ; cependant elles ne sont guéres moins cruelles. J'en éprouve une d'un genre inconnu parmi nous, & que le génie inconséquent de cette nation pouvoit seul inventer.

Le gouvernement de cet Empire, entiérement opposé à celui du tien, ne peut manquer d'être défectueux. Au lieu que le *Capa-inca* est obligé de pourvoir à la subsistance de ses peuples, en Europe les Souverains ne tirent la leur que des travaux de leurs sujets ; aussi les crimes & les malheurs viennent tous des besoins mal-satisfaits.

Les malheurs des Nobles en général naissent des difficultés qu'ils trouvent à concilier leur magnificence apparente avec leur misère réelle.

Le commun des hommes ne soutient son état que par ce qu'on appelle commerce, ou industrie, la mauvaise foi est le moindre des crimes qui en résultent.

Une partie du peuple est obligée pour vivre, de s'en rapporter à l'humanité des autres, elle est si bornée, qu'à peine ces malheureux ont-ils suffisamment pour s'y empêcher de mourir.

Sans avoir de l'or, il est impossible d'acquérir une portion de cette terre que la nature a donnée à tous les hommes. Sans posséder ce qu'on appelle du bien, il est impossible d'avoir de l'or, & par une inconséquence qui blesse les lumières naturelles, & qui impatiente la raison, cette nation insensée attache de la honte à recevoir de tout autre que du Souverain, ce qui est nécessaire au soutien de sa vie & de son état : ce Souverain répand ses libéralités sur un si petit nombre de ses sujets, en comparaison de la quantité des malheureux, qu'il y auroit autant de folie à prétendre y avoir part, que d'ignominie à se délivrer par la mort de l'impossibilité de vivre sans honte.

La connoissance de ces tristes vérités n'excita d'abord dans mon cœur que de la pitié pour les misérables, & de l'indignation contre les Loix. Mais hélas ! que la maniere méprisante dont j'entendis parler de ceux qui ne sont pas riches, me fit faire de cruelles réflexions sur moi-même ! je n'ai ni or, ni terres, ni adresse, je fais nécessairement partie des citoyens de cette ville. Ô ciel ! dans quelle classe dois-je me ranger ?

Quoique tout sentiment de honte qui ne vient pas d'une faute commise me soit étranger, quoique je sente combien il est insensé d'en recevoir par des causes indépendantes de mon pouvoir ou de ma volonté, je ne puis me défendre de souffrir de l'idée que les autres ont de moi : cette peine me seroit insuportable, si je n'espérois qu'un jour ta générosité me mettra en état de récompenser ceux qui m'humilient malgré moi par des bienfaits dont je me croiois honorée.

Ce n'est pas que Céline ne mette tout en œuvre pour calmer mes inquiétudes à cet égard ; mais ce que je vois, ce que j'apprends des gens de ce pays me donne en général de la défiance de leurs paroles ; leurs vertus, mon cher Aza, n'ont pas plus de réalité que leurs richesses. Les meubles que je croiois d'or, n'en ont que la superficie, leur véritable substance est de bois ; de même ce qu'ils appellent politesse a tous les dehors de la vertu, & cache légèrement leurs défauts ; mais avec un peu d'attention, on en découvre aussi aisément l'artifice que celui de leurs fausses richesses.

Je dois une partie de ces connoissances à une sorte d'écriture que l'on appelle *Livre* ; quoique je trouve encore beaucoup de difficultés à comprendre ce qu'ils contiennent, ils me sont fort utiles, j'en tire des notions, Céline m'explique ce qu'elle en sçait, & j'en compose des idées que je crois justes.

Quelques-uns de ces Livres apprennent ce que les hommes ont fait, & d'autres ce qu'ils ont pensé. Je ne puis t'exprimer, mon cher Aza, l'excellence du plaisir que je trouverois à les lire, si je les entendois mieux, ni le desir extrême que j'ai de connoître quelques-uns des hommes divins qui les composent. Puisqu'ils sont à l'ame ce que le Soleil est à la terre, je trouverois avec eux toutes les lumières, tous les secours dont j'ai besoin, mais je ne vois nul espoir d'avoir jamais cette satisfaction. Quoique Céline lise assez souvent, elle n'est pas assez instruite pour me satisfaire ; à peine avoit-elle pensé que les Livres fussent faits par les hommes, elle ignore leurs noms, & même s'ils vivent.

Je te porterai, mon cher Aza, tout ce que je pourrai amasser de ces merveilleux ouvrages, je te les expliquerai dans notre langue, je goûterai la suprême félicité de donner un plaisir nouveau à ce que j'aime.

Hélas ! le pourrai-je jamais ?

LETTRE VINGT-UNIÉME.

JE ne manquerai plus de matière pour t'entretenir, mon cher Aza ; on m'a fait parler à un *Cusipata* que l'on nomme ici *Religieux*, instruit de tout, il m'a promis de ne me rien laisser ignorer. Poli comme un Grand Seigneur, sçavant comme un *Amatas*, il sçait aussi parfaitement les usages du monde que les dogmes de sa Religion. Son entretien plus utile qu'un Livre, m'a donné une satisfaction que je n'avois pas goûtée depuis que mes malheurs m'ont séparée de toi.

Il venoit pour m'instruire de la Religion de France, & m'exhorter à l'embrasser ; je le ferois volontiers, si j'étois bien assurée qu'il m'en eût fait une peinture véritable.

De la façon dont il m'a parlé des vertus qu'elle prescrit, elles sont tirées de la Loi naturelle, & en vérité aussi pures que les nôtres ; mais je n'ai pas l'esprit assez subtil pour appercevoir le rapport que devroient avoir avec elle les mœurs & les usages de la nation, j'y trouve au contraire une inconséquence si remarquable, que ma raison refuse absolument de s'y prêter.

À l'égard de l'origine & des principes de cette Religion, ils ne m'ont paru ni plus incroyables, ni plus incompatibles avec le bon sens, que l'histoire de *Mancocapa* & du marais *Tisicaca*[39], ainsi je les adopterois de même, si le *Cusipata* n'eût indignement méprisé le culte que nous rendons au Soleil ; toute partialité détruit la confiance.

LETTRE VINGT-UNIÉME.

J'aurois pû appliquer à ses raisonnemens ce qu'il opposoit aux miens : mais si les loix de l'humanité défendent de frapper son semblable, parce que c'est lui faire un mal, à plus forte raison ne doit-on pas blesser son ame par le mépris de ses opinions. Je me contentai de lui expliquer mes sentimens sans contrarier les siens.

D'ailleurs un intérêt plus cher me pressoit de changer le sujet de notre entretien : je l'interrompis dès qu'il me fut possible, pour faire des questions sur l'éloignement de la ville de Paris à celle de *Cozco*, & sur la possibilité d'y faire le trajet. Le *Cusipata* y satisfit avec bonté, & quoiqu'il me désignât la distance de ces deux Villes d'une façon désespérante, quoiqu'il me fît regarder comme insurmontable la difficulté d'en faire le voyage, il me suffit de sçavoir que la chose étoit possible pour affermir mon courage, & me donner la confiance de communiquer mon dessein au bon Religieux.

Il en parut étonné, il s'efforça de me détourner d'une telle entreprise avec des mots si doux, qu'il m'attendrit moi-même sur les périls auxquels je m'exposerois ; cependant ma résolution n'en fut point ébranlée, je priai le *Cusipata* avec les plus vives instances de m'enseigner les moyens de retourner dans ma patrie. Il ne voulut entrer dans aucun détail, il me dit seulement que Déterville par sa haute naissance & par son mérite personnel, étant dans une grande considération, pourroit tout ce qu'il voudroit, & qu'ayant un Oncle tout puissant à la Cour d'Espagne, il pouvoit plus aisément que personne me procurer les nouvelles de nos malheureuses contrées.

Pour achever de me déterminer à attendre son retour (qu'il m'assura être prochain) il ajouta qu'après les obligations que j'avois à ce généreux ami, je ne pouvois avec honneur disposer de moi sans son consentement. J'en tombai d'accord, & j'écoutai avec plaisir l'éloge qu'il me fit des rares qualités qui distinguent Déterville des personnes de son rang. Le poids de la reconnoissance est bien léger, mon cher Aza, quand on ne le reçoit que des mains de la vertu.

Le savant homme m'apprit aussi comment le hazard avoit conduit les Espagnols jusqu'à ton malheureux Empire, & que la soif de l'or étoit la seule cause de leur cruauté. Il m'expliqua ensuite de quelle façon le droit de la guerre m'avoit fait tomber entre les mains de Déterville par un combat dont il étoit sorti victorieux, après avoir pris plusieurs Vaisseaux aux Espagnols, entre lesquels étoit celui qui me portoit.

Enfin, mon cher Aza, s'il a confirmé mes malheurs, il m'a du moins tirée de la cruelle obscurité où je vivois sur tant d'événemens funestes, & ce n'est pas un petit soulagement à mes peines, j'attens le reste du retour de Déterville ; il est humain, noble, vertueux, je dois compter sur sa générosité. S'il me rend à toi, Quel bienfait ! Quelle joie ! Quel bonheur !

LETTRE VINGT-DEUX.

J'avois compté, mon cher Aza, me faire un ami du Savant *Cusipata*, mais une seconde visite qu'il m'a faite a détruit la bonne opinion que j'avois prise de lui, dans la premiere ; nous sommes déjà brouillés.

Si d'abord il m'avoit paru doux & sincère, cette fois je n'ai trouvé que de la rudesse & de la fausseté dans tout ce qu'il m'a dit.

L'esprit tranquille sur les intérêts de ma tendresse, je voulus satisfaire ma curiosité sur les hommes merveilleux qui font des Livres ; je commençai par m'informer du rang qu'ils tiennent dans le monde, de la vénération que l'on a pour eux ; enfin des honneurs ou des triomphes qu'on leur décerne pour tant de bienfaits qu'ils répandent dans la société.

Je ne sçais ce que le *Cusipata* trouva de plaisant dans mes questions, mais il sourit à chacune, & n'y répondit que par des discours si peu mesurés, qu'il ne me fut pas difficile de voir qu'il me trompoit.

En effet, dois-je croire que des gens qui connoissent & qui peignent si bien les subtiles délicatesses de la vertu, n'en ayent pas plus dans le cœur que le commun des hommes, & quelquefois moins ? Croirai-je que l'intérêt soit le guide d'un travail plus qu'humain, & que tant de peines ne sont récompensées que par des railleries ou par de l'argent ?

Pouvois-je me persuader que chez une nation si fastueuse, des hommes, sans contredit au-dessus des autres, par les lumières de leur esprit, fussent réduits à la triste nécessité de vendre leurs pensées, comme le peuple vend pour vivre les plus viles productions de la terre ?

La fausseté, mon cher Aza, ne me déplaît guères moins sous le masque transparent de la plaisanterie, que sous le voile épais de la séduction, celle du Religieux, m'indigna, & je ne daignai pas y répondre.

Ne pouvant me satisfaire à cet égard, je remis la conversation sur le projet de mon voyage, mais au lieu de m'en détourner avec la même douceur que la premiere fois, il m'opposa des raisonnemens si forts & si convainquans, que je ne trouvai que ma tendresse pour toi qui pût les combattre, je ne balançai pas à lui en faire l'aveu.

D'abord il prit une mine gaye, & paroissant douter de la vérité de mes paroles, il ne me répondit que par des railleries, qui toutes insipides qu'elles étoient, ne laissérent pas de m'offenser ; je m'efforçai de le convaincre de la vérité, mais à mesure que les expressions de mon cœur en prouvoient les sentimens, son visage & ses paroles devinrent sévères ; il osa me dire que mon amour pour toi étoit incompatible avec la vertu, qu'il falloit renoncer à l'une ou à l'autre, enfin que je ne pouvois t'aimer sans crime.

À ces paroles insensées, la plus vive colere s'empara de mon ame, j'oubliai la modération que je m'étois prescrite, je l'accablai de reproches, je lui appris ce que je pensois de la fausseté de ses paroles, je lui protestai mille fois de t'aimer toujours, & sans attendre ses excuses, je le quittai, & je courus m'enfermer dans ma chambre, où j'étois sûre qu'il ne pourroit me suivre.

Ô mon cher Aza, que la raison de ce pays est bizarre ! toujours en contradiction avec elle-même, je ne sçais comment on pourroit obéir à quelques-uns de ses préceptes sans en choquer une infinité d'autres.

Elle convient en général que la premiere des vertus est de faire du bien ; elle approuve la reconnoissance, & elle prescrit l'ingratitude.

Je serois louable si je te rétablissois sur le Trône de tes peres, je suis criminelle en te conservant un bien plus précieux que les Empires du monde.

On m'approuveroit si je récompensois tes bienfaits par les trésors du Perou. Dépourvue de tout, dépendante de tout, je ne possede que ma tendresse, on veut que je te la ravisse, il faut être ingrate pour avoir de la vertu. Ah mon cher Aza ! je les trahirois toutes, si je cessois un moment de t'aimer. Fidelle à leurs Loix, je le serai à mon amour, je ne vivrai que pour toi.

LETTRE VINGT-TROIS.

JE crois, mon cher Aza, qu'il n'y a que la joie de te voir qui pourroit l'emporter sur celle que m'a causé le retour de Déterville ; mais comme s'il ne m'étoit plus permis d'en goûter sans mélange, elle a été bientôt suivie d'une tristesse qui dure encore.

Céline étoit hier matin dans ma chambre quand on vint mistérieusement l'appeller, il n'y avoit pas longtems qu'elle m'avoit quittée, lorsqu'elle me fit dire de me rendre au Parloir ; j'y courus : Quelle fut ma surprise d'y trouver son frere avec elle !

Je ne dissimulai point le plaisir que j'eus de le voir, je lui dois de l'estime & de l'amitié ; ces sentimens sont presque des vertus, je les exprimai avec autant de vérité que je les sentois.

Je voyois mon Libérateur, le seul appui de mes espérances ; j'allois parler sans contrainte de toi, de ma tendresse, de mes de desseins, ma joie alloit jusqu'au transport.

Je ne parlois pas encore françois lorsque Déterville partit, combien de choses n'avois-je pas à lui apprendre ? combien d'éclaircissemens à lui demander, bien de reconnoissances à lui témoigner ? Je voulois tout dire à la fois, je disois mal, & cependant je parlois beaucoup.

Je m'apperçus que pendant ce tems-là Déterville changeoit de visage ; une tristesse que j'y avois remarquée en entrant, se dissipoit ; la joie prenoit sa place, je m'en applaudissois, elle m'animoit à l'exciter encore. Hélas ! devois-je craindre d'en donner trop à un ami à qui je dois tout, & de qui j'attens tout ! cependant ma sincerité le jetta dans une erreur qui me coûte à présent bien des larmes.

Céline étoit sortie en même-tems que j'étois entrée, peut-être sa présence auroit-elle épargné une explication si cruelle.

Déterville attentif à mes paroles, paroissoit se plaire à les entendre sans songer à m'interrompre : je ne sçais quel trouble me saisit, lorsque je voulus lui demander des instructions sur mon voyage, & lui en expliquer le motif ; mais les expressions me manquerent, je les cherchois ; il profita d'un moment de silence, & mettant un genouil en terre devant la grille à laquelle ses deux mains étoient attachées, il me dit d'une voix émue, À quel sentiment, divine Zilia, dois-je attribuer le plaisir que je vois aussi naïvement exprimé dans vos beaux yeux que dans vos discours ? Suis-je le plus heureux des hommes au moment même où ma sœur vient de me faire entendre que j'étois le plus à plaindre ? Je ne sçais, lui répondis-je, quel chagrin Céline a pû vous donner ; mais je suis bien assurée que vous n'en recevrez jamais de ma part. Cependant, répliqua-t-il, elle m'a dit que je ne devois pas espérer d'être aimé de vous. Moi ! m'écriai-je, en l'interrompant, moi je ne vous aime point !

Ah, Déterville ! comment votre sœur peut-elle me noircir d'un tel crime ? L'ingratitude me fait horreur, je me haïrois moi-même si je croiois pouvoir cesser de vous aimer.

Pendant que je prononçois ce peu de mots, il sembloit à l'avidité de ses regards qu'il vouloit lire dans mon ame.

Vous m'aimez, Zilia, me dit-il, vous m'aimez, & vous me le dites ! Je donnerois ma vie pour entendre ce charmant aveu ; hélas ! je ne puis le croire, lors même que je l'entends. Zilia, ma chère Zilia, est-si bien vrai que vous m'aimez ? ne vous trompez-vous pas vous-même ? votre ton, vos yeux, mon cœur, tout me séduit. Peut-être n'est-ce que pour me replonger plus cruellement dans le désespoir dont je sors.

Vous m'étonnez, repris-je ; d'où naît votre défiance ? Depuis que je vous connois, si je n'ai pû me faire entendre par des paroles, toutes mes actions n'ont-elles pas dû vous prouver que je vous aime ? Non, répliqua-t-il, je ne puis encore me flatter, vous ne parlez pas assez bien le françois pour détruire mes justes craintes ; vous ne cherchez point à me tromper, je le sçais. Mais expliquez-moi quel sens vous attachez à ces mots adorables *Je vous aime*. Que mon sort soit décidé, que je meure à vos pieds, de douleur ou de plaisir.

Ces mots, lui dis-je (un peu intimidée par la vivacité avec laquelle il prononça ces dernieres paroles) ces mots doivent, je crois, vous faire entendre que vous m'êtes cher, que votre sort m'intéresse, que l'amitié et la reconnoissance m'attachent à vous ; ces sentimens plaisent à mon cœur, & doivent satisfaire le vôtre.

Ah, Zilia ! me répondit-il, que vos termes s'affoiblissent, que votre ton se refroidit ! Céline m'auroit-elle dit la verité ? N'est-ce point pour Aza que vous sentez tout ce que vous dites ? Non, lui dis-je, le sentiment que j'ai pour Aza est tout différent de ceux que j'ai pour vous, c'est ce que vous appellez l'amour… Quelle peine cela peut-il vous faire, ajoutai-je (en le voyant pâlir, abandonner la grille, & jetter au ciel des regards remplis de douleur) j'ai de l'amour pour Aza, parce qu'il en a pour moi, & que nous devions être unis. Il n'y a là-dedans nul rapport avec vous. Les mêmes, s'écria-t-il, que vous trouvez entre vous & lui, puisque j'ai mille fois plus d'amour qu'il n'en ressentit jamais.

Comment cela se pourroit-il, repris-je ? vous n'êtes point de ma nation ; loin que vous m'ayez choisie pour votre épouse, le hazard seul nous a joints, & ce n'est même que d'aujourd'hui que nous pouvons librement nous communiquer nos idées. Par quelle raison auriez-vous pour moi les sentimens dont vous parlez ?

En faut-il d'autres que vos charmes & mon caractère, me répliqua-t-il, pour m'attacher à vous jusqu'à la mort ? né tendre, paresseux, ennemi de l'artifice, les peines qu'il auroit fallu me donner pour pénétrer le cœur des femmes, & la crainte de n'y pas trouver la franchise que j'y desirois, ne m'ont laissé pour elles qu'un goût vague ou passager ; j'ai vécu sans passion jusqu'au moment où je vous ai vue ; votre beauté me frappa, mais son impression auroit peut-être été aussi légère que celle de beaucoup d'autres, si la douceur & la naïveté de votre caractère ne m'avoient présenté l'objet que mon imagination m'avoit si souvent composé. Vous sçavez, Zilia, si je l'ai respecté cet objet de mon adoration ? Que ne m'en a-t-il pas couté pour résister aux occasions séduisantes que m'offroit la familiarité d'une longue navigation. Combien de fois votre innocence vous auroit-elle livrée à mes transports, si je les eusse écoutés ? Mais loin de vous offenser, j'ai poussé la discrétion jusqu'au silence ; j'ai même exigé de ma sœur qu'elle ne vous parleroit pas de mon amour ; je n'ai rien voulu devoir qu'à vous-même. Ah, Zilia ! si vous n'êtes point touchée d'un respect si tendre, je vous fuirai ; mais je le sens, ma mort sera le prix du sacrifice.

Votre mort ! m'écriai-je (penetrée de la douleur sincère dont je le voyois accablé) hélas ! quel sacrifice ! Je ne sçais si celui de ma vie ne me seroit pas moins affreux.

Eh bien, Zilia, me dit-il, si ma vie vous est chere, ordonnez donc que je vive ? Que faut-il faire ? lui dis-je. M'aimer, répondit-il, comme vous aimiez Aza. Je l'aime toujours de même, lui répliquai-je, & je l'aimerai jusqu'à la mort : je ne sçais, ajoutai-je, si vos Loix vous permettent d'aimer deux objets de la même maniere,

LETTRE VINGT-TROIS.

mais nos usages & mon cœur nous le défendent. Contentez-vous des sentimens que je vous promets, je ne puis en avoir d'autres, la vérité m'est chère, je vous la dis sans détour.

De quel sang froid vous m'assassinez, s'écria-t-il ! Ah Zilia ! que je vous aime, puisque j'adore jusqu'à votre cruelle franchise. Eh bien, continua-t-il après avoir gardé quelques momens le silence, mon amour surpassera votre cruauté. Votre bonheur m'est plus cher que le mien. Parlez-moi avec cette sincérité qui me déchire sans ménagement. Quelle est votre espérance sur l'amour que vous conservez pour Aza ?

Hélas ! lui dis-je, je n'en ai qu'en vous seul. Je lui expliquai ensuite comment j'avois appris que la communication aux Indes n'étoit pas impossible ; je lui dis que je m'étois flattée qu'il me procureroit les moyens d'y retourner, ou tout au moins, qu'il auroit assez de bonté pour faire passer jusqu'à toi des nœuds qui t'instruiroient de mon sort, & pour m'en faire avoir les réponses, afin qu'instruite de ta destinée, elle serve de régle à la mienne.

Je vais prendre, me dit-il, (avec un sang froid affecté) les mesures nécessaires pour découvrir le sort de votre Amant, vous serez satisfaite à cet égard ; cependant vous vous flateriez en vain de revoir l'heureux Aza, des obstacles invincibles vous séparent.

Ces mots, mon cher Aza, furent un coup mortel pour mon cœur, mes larmes coulerent en abondance, elles m'empêcherent longtems de répondre à Déterville, qui de son côté gardoit un morne silence. Eh bien, lui dis-je enfin, je ne le verrai plus, mais je n'en vivrai pas moins pour lui ; si votre amitié est assez généreuse pour nous procurer quelque correspondance, cette satisfaction suffira pour me rendre la vie moins insupportable, & je mourrai contente, pourvû que vous me promettiez de lui faire savoir que je suis morte en l'aimant.

Ah ! c'en est trop, s'écria-t-il, en se levant brusquement : oui, s'il est possible. Je serai le seul malheureux. Vous connoîtrez ce cœur que vous dédaignez ; vous verrez de quels efforts est capable un amour tel que le mien, & je vous forcerai au moins à me plaindre. En disant ces mots, il sortit & me laissa dans un état que je ne comprends pas encore ; j'étois demeurée debout, les yeux attachez sur la porte par où Déterville venoit de sortir, abîmée dans une confusion de pensées que je ne cherchois pas même à démêler : j'y serois restée long-tems, si Céline ne fût entrée dans le Parloir.

Elle me demanda vivement pourquoi Déterville étoit sorti si-tôt. Je ne lui cachai pas ce qui s'étoit passé entre nous. D'abord elle s'affligea de ce qu'elle appelloit le malheur de son frère. Ensuite tournant sa douleur en colere, elle m'accabla des plus durs reproches, sans que j'osasse y opposer un seul mot. Qu'aurois-je pû lui dire ? mon trouble me laissoit à peine la liberté de penser ; je sortis, elle ne me suivit point. Retirée dans ma chambre, j'y suis restée un jour sans oser paroître, sans avoir eu de nouvelles de personne, & dans un désordre d'esprit qui ne me permettoit pas même de t'écrire.

La colere de Céline, le désespoir de son frère, ses dernieres paroles auxquelles je voudrois & je n'ose donner un sens favorable, livrerent mon ame tour à tour aux plus cruelles inquiétudes.

J'ai cru enfin que le seul moyen de les adoucir étoit de te les peindre, de t'en faire part, de chercher dans ta tendresse les conseils dont j'ai besoin ; cette erreur m'a soutenue pendant que j'écrivois ; mais qu'elle a peu duré ! Ma lettre est écrite, & les caracteres ne sont tracés que pour moi.

Tu ignores ce que je souffre, tu ne sçais pas même si j'éxiste, si je t'aime. Aza, mon cher Aza, ne le sçauras-tu jamais !

LETTRE VINGT-QUATRE.

JE pourrois encore appeler une absence le tems qui s'est écoulé, mon cher Aza, depuis la derniere fois que je t'ai écrit.

Quelques jours après l'entretien que j'eus avec Déterville, je tombai dans une maladie, que l'on nomme la *fiévre*. Si (comme je le crois) elle a été causée par les passions douloureuses qui m'agiterent alors, je ne doute pas qu'elle n'ait été prolongée par les tristes réflexions dont je suis occupée, & par le regret d'avoir perdu l'amitié de Céline.

Quoiqu'elle ait paru s'intéresser à ma maladie, qu'elle m'ait rendu tous les soins qui dépendoient d'elle, c'étoit d'un air si froid, elle a eu si peu de ménagement pour mon ame, que je ne puis douter de l'altération de ses sentimens. L'extrême amitié qu'elle a pour son frère l'indispose contre moi, elle me reproche sans cesse de le rendre malheureux ; la honte de paroître ingrate m'intimide, les bontés affectées de Céline me gênent, mon embarras la contraint, la douceur & l'agrément sont bannis de notre commerce.

Malgré tant de contrariété & de peine de la part du frère & de sa sœur, je ne suis pas insensible aux événemens qui changent leurs destinées.

Madame Déterville est morte. Cette mere dénaturée n'a point démenti son caractère, elle a donné tout son bien à son fils aîné. On espère que les gens de Loi empêcheront l'effet de cette injustice. Déterville désintéressé par lui-même, se donne des peines infinies pour tirer Céline de l'oppression. Il semble que son malheur redouble son amitié pour elle ; outre qu'il vient la voir tous les jours, il lui écrit soir & matin ; ses Lettres sont remplies de si tendres plaintes contre moi, de si vives inquiétudes sur ma santé, que quoique Céline affecte, en me les lisant, de ne vouloir que m'instruire du progrès de leurs affaires, je démêle aisément le motif du prétexte.

Je ne doute pas que Déterville ne les écrive, afin qu'elles me soient lûes ; néanmoins je suis persuadée qu'il s'en abstiendroit, s'il étoit instruit des reproches sanglants dont cette lecture est suivie. Ils font leur impression sur mon cœur. La tristesse me consume.

Jusqu'ici, au milieu des orages, je jouissois de la foible satisfaction de vivre en paix avec moi-même : aucune tache ne souilloit la pureté de mon ame ; aucun remords ne la troubloit ; à présent je ne puis penser, sans une sorte de mépris pour moi-même, que je rends malheureuses deux personnes auxquelles je dois la vie ; que je trouble le repos dont elles jouiroient sans moi, que je leur fais tout le mal qui est en mon pouvoir, & cependant je ne puis ni ne veux cesser d'être criminelle. Ma tendresse pour toi triomphe de mes remords. Aza, que je t'aime !

LETTRE VINGT-CINQ.

QUE la prudence est quelquefois nuisible, mon cher Aza ! j'ai resisté long-tems aux puissantes instances que Déterville m'a fait faire de lui accorder un moment d'entretien. Hélas ! je fuyois mon bonheur. Enfin, moins par complaisance que par lassitude de disputer avec Céline, je me suis laissée conduire au Parloir. À la vue du changement affreux qui rend Déterville presque méconnoissable, je suis restée interdite, je me repentois déja de ma démarche, j'attendois, en tremblant, les reproches qu'il me paroissoit en droit de me faire. Pouvois-je deviner qu'il alloit combler mon ame de plaisir ?

Pardonnez-moi, Zilia, m'a-t-il dit, la violence que je vous fais ; je ne vous aurois pas obligée à me voir, si je ne vous apportois autant de joie que vous me causez de douleurs. Est-ce trop éxiger, qu'un moment de votre vue, pour récompense du cruel sacrifice que je vous fais ? Et sans me donner le tems de répondre, Voici, continua-t-il, une Lettre de ce parent dont on vous a parlé : en vous apprenant le sort d'Aza, elle vous prouvera mieux que tous mes sermens, quel est l'excès de mon amour, & tout de suite il m'en fit la lecture. Ah ! mon cher Aza, ai-je pû l'entendre sans mourir de joie ? Elle m'apprend que tes jours sont conservés, que tu es libre, que tu vis sans péril à la Cour d'Espagne. Quel bonheur inespéré !

Cette admirable Lettre est écrite par un homme qui te connoît, qui te voit, qui te parle ; peut-être tes regards ont-ils été attachés un moment sur ce précieux papier ? Je ne pouvois en arracher les miens ; je n'ai retenu qu'à peine des cris de joie prêts à m'échaper, les larmes de l'amour inondoient mon visage.

Si j'avois suivi les mouvemens de mon cœur, cent fois j'aurois interrompu Déterville pour lui dire tout ce que la reconnoissance m'inspiroit ; mais je n'oubliois point que mon bonheur doit augmenter ses peines ; je lui cachai mes transports, il ne vit que mes larmes.

Eh bien, Zilia, me dit-il, après avoir cessé de lire, j'ai tenu ma parole, vous êtes instruite du sort d'Aza ; si ce n'est point assez, que faut-il faire de plus ? Ordonnez sans contrainte, il n'est rien que vous ne soyez en droit d'éxiger de mon amour, pourvu qu'il contribue à votre bonheur.

Quoique je dusse m'attendre à cet excès de bonté, elle me surprit & me toucha.

Je fus quelques momens embarassée de ma réponse, je craignois d'irriter la douleur d'un homme si généreux. Je cherchois des termes qui exprimassent la vérité de mon cœur sans offenser la sensibilité du sien, je ne les trouvois pas, il falloit parler.

LETTRE VINGT-CINQ.

Mon bonheur, lui dis-je, ne sera jamais sans mélange, puisque je ne puis concilier les devoirs de l'amour avec ceux de l'amitié ; je voudrois regagner la vôtre & celle de Céline, je voudrois ne vous point quitter, admirer sans cesse vos vertus, payer tous les jours de ma vie le tribut de reconnoissance que je dois à vos bontés. Je sens qu'en m'éloignant de deux personnes si chères, j'emporterai des regrets éternels. Mais…

Quoi ! Zilia, s'écria-t-il, vous voulez nous quitter ! Ah ! je n'étois point préparé à cette funeste résolution, je manque de courage pour la soutenir. J'en avois assez pour vous voir ici dans les bras de mon Rival. L'effort de ma raison, la délicatesse de mon amour m'avoient affermi contre ce coup mortel ; je l'aurois préparé moi-même, mais je ne puis me séparer de vous, je ne puis renoncer à vous voir ; non, vous ne partirez point, continua-t il avec emportement, n'y comptez pas, vous abusez de ma tendresse, vous déchirez sans pitié un cœur perdu d'amour. Zilia, cruelle Zilia ; voyez mon désespoir, c'est votre ouvrage. Hélas ! de quel prix payez-vous l'amour le plus pur !

C'est vous, lui dis-je (effrayée de sa résolution) c'est vous que je devrois accuser. Vous flétrissez mon ame en la forçant d'être ingrate ; vous désolez mon cœur par une sensibilité infructueuse. Au nom de l'amitié, ne ternissez pas une générosité sans exemple par un désespoir qui feroit l'amertume de ma vie sans vous rendre heureux. Ne condamnez point en moi le même sentiment que vous ne pouvez surmonter, ne me forcez pas à me plaindre de vous, laissez-moi chérir votre nom, le porter au bout du monde, & le faire révérer à des peuples adorateurs de la vertu.

Je ne sçais comment je prononçai ces paroles, mais Déterville fixant ses yeux sur moi, sembloit ne me point regarder ; renfermé en lui-même, il demeura long-tems dans une profonde méditation ; de mon côté je n'osois l'interrompre : nous observions un égal silence, quand il reprit la parole & me dit avec une espéce de tranquillité : Oui, Zilia, je connois, je sens toute mon injustice, mais renonce-t-on de sang froid à la vue de tant de charmes ! Vous le voulez, vous serez obéie. Quel sacrifice, ô ciel ! Mes tristes jours s'écouleront, finiront sans vous voir. Au moins si la mort… N'en parlons plus, ajouta-t-il en s'interrompant ; ma foiblesse me trahiroit, donnez-moi deux jours pour m'assurer de moi-même, je reviendrai vous voir, il est nécessaire que nous prenions ensemble des mesures pour votre voyage. Adieu, Zilia. Puisse l'heureux Aza, sentir tout son bonheur ! En même-tems il sortit.

Je te l'avoue, mon cher Aza, quoique Déterville me soit cher, quoique je fusse pénétrée de sa douleur, j'avois trop d'impatience de jouir en paix de ma félicité, pour n'être pas bien aise qu'il se retirât.

Qu'il est doux, après tant de peines, de s'abandonner à la joie ! Je passai le reste de la journée dans les plus tendres ravissemens. Je ne t'écrivis point, une Lettre étoit trop peu pour mon cœur, elle m'auroit rappellé ton absence. Je te voyois, je te parlois, cher Aza ! Que manqueroit-il à mon bonheur, si tu avois joint à cette prétieuse Lettre quelques gages de la tendresse ! Pourquoi ne l'as-tu pas fait ? On t'a parlé de moi, tu es instruit de mon sort, & rien ne me parle de ton amour. Mais puis-je douter de ton cœur ? Le mien m'en répond, tu m'aimes, ta joie est égale à la mienne, tu brûles des mêmes feux, la même impatience te dévore ; que la crainte s'éloigne de mon ame, que la joie y domine sans mélange. Cependant tu as embrassé la Religion de ce peuple féroce. Quelle est-elle ? Exige-t-elle les mêmes sacrifices que celle de France ? Non, tu n'y aurois pas consenti.

Quoi qu'il en soit, mon cœur est sous tes loix ; soumise à tes lumieres, j'adopterai aveuglement tout ce qui pourra nous rendre inséparables. Que puis-je craindre ! bien-tôt réunie à mon bien, à mon être, à mon tout, je ne penserai plus que par toi, je ne vivrai que pour t'aimer.

LETTRE VINGT-SIX.

C'EST ici, mon cher Aza, que je te reverrai ; mon bonheur s'accroît chaque jour par ses propres circonstances. Je sors de l'entrevue que Déterville m'avoit assignée ; quelque plaisir que je me sois fait de surmonter les difficultés du voyage, de te prévenir, de courir au-devant de tes pas, je le sacrifie sans regret au bonheur de te voir plutôt.

Déterville m'a prouvé avec tant d'évidence que tu peux être ici en moins de tems qu'il ne m'en faudroit pour aller en Espagne, que quoiqu'il m'ait généreusement laissé le choix, je n'ai pas balancé à t'attendre, le tems est trop cher pour le prodiguer sans nécessité.

Peut-être avant de me déterminer, aurois-je examiné cet avantage avec plus de soin, si je n'eusse tiré des éclaircissemens sur mon voyage qui m'ont décidée en secret, sur le parti que je prends ; & ce secret je ne puis le confier qu'à toi.

Je me suis souvenue que pendant la longue route qui m'a conduite à Paris, Déterville donnoit des piéces d'argent & quelquefois d'or dans tous les endroits où nous nous arrêtions. J'ai voulu sçavoir si c'étoit par obligation, ou par simple libéralité. J'ai appris qu'en France, non-seulement on fait payer la nourriture aux voyageurs, mais même le repos [40].

Hélas ! je n'ai pas la moindre partie de ce qui seroit nécessaire pour contenter l'intérêt de ce peuple avide ; il faudroit le recevoir des mains de Déterville. Quelle honte ! tu sçais tout ce que je lui dois. Je l'acceptois avec une répugnance qui ne peut être vaincue que par la nécessité ; mais pourrois-je me résoudre à contracter volontairement un genre d'obligation, dont la honte va presque jusqu'à l'ignominie ! Je n'ai pu m'y resoudre, mon cher Aza, cette raison seule m'auroit déterminée à demeurer ici ; le plaisir de te voir plus promptement n'a fait que confirmer ma résolution.

Déterville a écrit devant moi au Ministre d'Espagne. Il le presse de te faire partir, il lui indique les moyens de te faire conduire ici avec une générosité qui me pénétre de reconnoissance & d'admiration.

Quels doux momens j'ai passé, pendant que Déterville écrivoit ! Quel plaisir d'être occupée des arrangemens de ton voyage, de voir les aprêts de mon bonheur, de n'en plus douter !

Si d'abord il m'en a coûté pour renoncer au dessein que j'avois de te prévenir, je l'avoue, mon cher Aza, j'y trouve à présent mille sources de plaisirs, que je n'y avois pas apperçues.

Plusieurs circonstances, qui ne me paroissoient d'aucune valeur pour avancer ou retarder mon départ, me deviennent intéressantes & agréables. Je suivois aveuglément le penchant de mon cœur, j'oublois que j'allois te chercher au milieu de ces barbares Espagnols dont la seule idée me saisit d'horreur ; je trouve une satisfaction infinie dans la certitude de ne les revoir jamais : la voix de l'amour éteignoit celle de l'amitié. Je goûte sans remords la douceur de les réunir. D'un autre côté, Déterville m'a assuré qu'il nous étoit à jamais impossible de revoir la ville du Soleil. Après le séjour de notre patrie, en est-il un plus agréable que celui de la France ? Il te plaira, mon cher Aza, quoique la sincerité en soit bannie ; on y trouve tant d'agrémens, qu'ils font oublier les dangers de la société.

Après ce que je t'ai dit de l'or, il n'est pas nécessaire de t'avertir d'en apporter, tu n'as que faire d'autre mérite ; la moindre partie de tes trésors suffit pour te faire admirer & confondre l'orgueil des magnifiques indigens de ce Royaume ; tes vertus & tes sentimens ne seront chéris que de moi.

Déterville m'a promis de te faire rendre mes nœuds & mes Lettres ; il m'a assurée que tu trouverois des Interprètes pour t'expliquer les dernières. On vient me demander le paquet, il faut que je te quitte : adieu, cher espoir de ma vie ; je continuerai à t'écrire : si je ne puis te faire passer mes Lettres, je te les garderai.

Comment supporterois-je la longueur de ton voyage, si je me privois du seul moyen que j'ai de m'entretenir de ma joie, de mes transports, de mon bonheur !

LETTRE VINGT-SEPT.

Depuis que je sçais mes Lettres en chemin, mon cher Aza, je jouis d'une tranquillité que je ne connoissois plus. Je pense sans cesse au plaisir que tu auras à les recevoir, je vois tes transports, je les partage, mon ame ne reçoit de toute part que des idées agréables, & pour comble de joie, la paix est rétablie dans notre petite société.

Les Juges ont rendu à Céline les biens dont sa mere l'avoit privée. Elle voit son amant tous les jours, son mariage n'est retardé que par les aprêts qui y sont nécessaires. Au comble de ses vœux elle ne pense plus à me quereller, & je lui en ai autant d'obligation que si je devois à son amitié les bontés qu'elle recommence à me témoigner. Quel qu'en soit le motif, nous sommes toujours redevables à ceux qui nous font éprouver un sentiment doux.

Ce matin elle m'en a fait sentir tout le prix par une complaisance qui m'a fait passer d'un trouble fâcheux à une tranquillité agréable.

On lui a apporté une quantité prodigieuse d'étoffes, d'habits, de bijoux de toutes espéces ; elle est accourue dans ma chambre, m'a emmenée dans la sienne, & après m'avoir consultée sur les différentes beautés de tant d'ajustemens, elle a fait elle-même un tas de ce qui avoit le plus attiré mon attention, & d'un air empressé elle commandoit déjà à nos *Chinas* de le porter chez moi, quand je m'y suis opposée de toutes mes forces. Mes instances n'ont d'abord servi qu'à la divertir ; mais voyant que son obstination augmentoit avec mes refus, je n'ai pu dissimuler davantage mon ressentiment.

Pourquoi (lui ai-je dit les yeux baignés de larmes) pourquoi voulez-vous m'humilier plus que je ne le suis ? Je vous dois la vie, & tout ce que j'ai, c'est plus qu'il n'en faut pour ne point oublier mes malheurs. Je sçais que selon vos Loix, quand les bienfaits ne sont d'aucune utilité à ceux qui les reçoivent, la honte en est effacée. Attendez donc que je n'en aye plus aucun besoin pour exercer votre générosité. Ce n'est pas sans répugnance, ajoutai-je d'un ton plus modéré, que je me conforme à des sentimens si peu naturels. Nos usages sont plus humains, celui qui reçoit s'honore autant que celui qui donne, vous m'avez appris à penser autrement, n'étoit-ce donc que pour me faire des outrages ?

Cette aimable amie plus touchée de mes larmes qu'irritée de mes reproches, m'a répondu d'un ton d'amitié, nous sommes bien éloignés mon frere & moi, ma chere Zilia, de vouloir blesser votre délicatesse, il nous siéroit mal de faire les magnifiques avec vous, vous le connoîtrez dans peu ; je voulois seulement que vous partageassiez avec moi les présens d'un frère généreux ; c'étoit le plus sûr moyen de lui en marquer ma reconnoissance : l'usage, dans le cas où je suis, m'autorisoit à vous les offrir ; mais puisque vous en êtes offensée, je ne vous en parlerai plus. Vous me le promettez donc ? lui ai-je dit. Oui, m'a-t-elle répondu en souriant, mais permettez-moi d'écrire un mot à Déterville.

Je l'ai laissé faire, & la gaïeté s'est rétablie entre nous, nous avons recommencé à examiner ses parures plus en détail, jusqu'au tems où on l'a demandée au Parloir : elle vouloit m'y mener ; mais, mon cher Aza, est-il pour moi quelques amusemens comparables à celui de t'écrire ! Loin d'en chercher d'autre, j'appréhende d'avance ceux que l'on me prépare.

Céline va se marier, elle prétend m'emmener avec elle, elle veut que je quitte la maison Religieuse pour demeurer dans la sienne ; mais si j'en suis crue...

... Aza, mon cher Aza, par quelle agréable surprise ma Lettre fut-elle hier interrompue ? hélas ! je croiois avoir perdu pour jamais ce précieux monument de notre ancienne splendeur, je n'y comptois plus, je n'y pensois même pas, j'en suis environnée, je les vois, je les touche, & j'en crois à peine mes yeux & mes mains.

Au moment où je t'écrivois, je vis entrer Céline suivie de quatre hommes accablés sous le poids de gros coffres qu'ils portoient ; ils les poserent à terre & se retirerent ; je pensai que ce pouvoit être de nouveaux dons de Déterville. Je murmurois déjà en secret, lorsque Céline me dit, en me présentant des clefs : ouvrez, Zilia, ouvrez sans vous effaroucher, c'est de la part d'Aza.

La vérité que j'attache inséparablement à ton idée, ne me laissa point le moindre doute ; j'ouvris avec précipitation, & ma surprise confirma mon erreur, en reconnoissant tout ce qui s'offrit à ma vue pour des ornemens du Temple du Soleil.

Un sentiment confus, mêlé de tristesse & de joie, de plaisir & de regret, remplit tout mon cœur. Je me prosternai devant ces restes sacrés de notre culte & de nos Autels ; je les couvris de respectueux baisers, je les arrosai de mes larmes, je ne pouvois m'en arracher, j'avois oublié jusqu'à la présence de Céline ; elle me tira de mon yvresse, en me donnant une Lettre qu'elle me pria de lire.

Toujours remplie de mon erreur, je la crus de toi, mes transports redoublerent ; mais quoique je la déchifrasse avec peine, je connus bientôt qu'elle étoit de Déterville.

Il me fera plus aisé, mon cher Aza, de te la copier, que de t'en expliquer le sens.

Billet de Déterville.

« Ces trésors sont à vous, belle Zilia, puisque je les ai trouvés sur le Vaisseau qui vous portoit. Quelques discussions arrivées entre les gens de l'Équipage m'ont empêché jusqu'ici d'en disposer librement. Je voulois vous les présenter moi-même, mais les inquiétudes que vous avez témoignées ce matin à ma sœur, ne me laissent plus le choix du moment. Je ne sçaurois trop tôt dissiper vos craintes, je préférerai toute ma vie votre satisfaction à la mienne. »

Je l'avoue en rougissant, mon cher Aza, je sentis moins alors la générosité de Déterville, que le plaisir de lui donner des preuves de la mienne.

Je mis promptement à part un vase, que le hazard plus que la cupidité a fait tomber dans les mains des Espagnols. C'est le même (mon cœur l'a reconnu) que tes lévres toucherent le jour ou tu voulus bien goûter du *Aca*[41] préparé de ma main. Plus riche de ce trésor que de tous ceux qu'on me rendoit, j'appellai les gens qui les avoient apportés ; je voulois les leur faire reprendre pour les renvoyer à Déterville ; mais Céline s'opposa à mon dessein.

Que vous êtes injuste, Zilia, me dit-elle ! Quoi ! vous voulez faire accepter des richesses immenses à mon frère, vous que l'offre d'une bagatelle offense ; rappellez votre équité si vous voulez en inspirer aux autres.

Ces paroles me frapperent. Je reconnus dans mon action plus d'orgueil & de vengeance que de générosité. Que les vices sont près des vertus ! J'avouai ma faute, j'en demandai pardon à Céline ; mais je souffrois trop de la contrainte qu'elle vouloit m'imposer pour n'y pas chercher de l'adoucissement. Ne me punissez pas autant que je le mérite, lui dis-je d'un air timide, ne dédaignez pas quelques modèles du travail de nos malheureuses contrées ; vous n'en avez aucun besoin, ma priere ne doit point vous offenser.

Tandis que je parlois, je remarquai que Céline regardoit attentivement deux Arbustes d'or chargés d'oiseaux & d'insectes d'un travail excellent ; je me hâtai de les lui présenter avec une petite corbeille d'argent, que je remplis de Coquillages de Poissons & de fleurs les mieux imitées : elle les accepta avec une bonté qui me ravit.

Je choisis ensuite plusieurs Idoles des nations vaincues[42] par tes ancêtres, & une petite Statue[43] qui représentoit une Vierge du Soleil, j'y joignis un tigre, un lion & d'autres animaux courageux, & je la priai de les envoyer à Déterville. Écrivez-lui donc, me dit-elle, en souriant, sans une Lettre de votre part, les présens seroient mal reçus.

J'étois trop satisfaite pour rien refuser, j'écrivis tout ce que me dicta ma reconnoissance, & lorsque Céline fut sortie, je distribuai des petits présens à sa *China*, & à la mienne, j'en mis à part pour mon Maître à écrire. Je goûtai enfin le délicieux plaisir de donner.

Ce n'a pas été sans choix, mon cher Aza ; tout ce qui vient de toi, tout ce qui a des rapports intimes avec ton souvenir, n'est point sorti de mes mains.

La chaise d'or [44] que l'on conservoit dans le Temple, pour le jour des visites du *Capa-Inca* ton auguste pere, placée d'un côté de ma chambre en forme de trône, me représente ta grandeur & la majesté de ton rang. La grande figure du Soleil, que je vis moi-même arracher du Temple par les perfides Espagnols, suspenduë au-dessus excite ma vénération, je me prosterne devant elle, mon esprit l'adore, & mon cœur est tout à toi.

Les deux palmiers que tu donnas au Soleil pour offrande & pour gage de la foi que tu m'avois jurée, placés aux deux côtés du Trône, me rappellent sans cesse tes tendres sermens.

Des fleurs [45], des oiseaux répandus avec simétrie dans tous les coins de ma chambre, forment en racourci l'image de ces magnifiques jardins, où je me suis si souvent entretenuë de ton idée.

Mes yeux satisfaits ne s'arrêtent nulle part sans me rappeller ton amour, ma joie, mon bonheur, enfin tout ce qui fera jamais la vie de ma vie.

LETTRE VINGT-HUIT.

C'EST vainement, mon cher Aza, que j'ai employé les prieres, les plaintes, les instances pour ne point quitter ma retraite. Il a fallu céder aux importunités de Céline. Nous sommes depuis trois jours à la campagne, où son mariage fut célébré en y arrivant.

Avec quelle peine, quel regret, quelle douleur n'ai-je pas abandonné les chers & précieux ornemens de ma solitude ; hélas ! à peine ai-je eu le tems d'en jouir, & je ne vois rien ici qui puisse me dédommager.

Loin que la joie & les plaisirs dont tout le monde paroît enyvré, me dissipent & m'amusent, ils me rappellent avec plus de regret les jours paisibles que je passois à t'écrire, ou tout au moins à penser à toi.

Les divertissemens de ce pays me paroissent aussi peu naturels, aussi affectés que les mœurs. Ils consistent dans une gaieté violente, exprimée par des ris éclatans, auxquels l'ame paroît ne prendre aucune part : dans des jeux insipides dont l'or fait tout le plaisir, ou bien dans une conversation si frivole & si répétée, qu'elle ressemble bien davantage au gazouillement des oiseaux qu'à l'entretien d'une assemblée d'Êtres pensans.

Les jeunes hommes, qui sont ici en grand nombre, se sont d'abord empressés à me suivre jusqu'à ne paroître occupés que de moi ; mais soit que la froideur de ma conversation les ait ennuiés, ou que mon peu de goût pour leurs agrémens les ait dégoûtés de la peine qu'ils prenoient à les faire valoir, il n'a fallu que deux jours pour les déterminer à m'oublier, bientôt ils m'ont délivrée de leur importune préférence.

Le penchant des François les porte si naturellement aux extrêmes, que Déterville, quoiqu'exempt d'une grande partie des défauts de sa nation, participe néanmoins à celui-là.

Non content de tenir la promesse qu'il m'a faite de ne me plus parler de ses sentimens, il évite avec une attention marquée de se rencontrer auprès de moi : obligés de nous voir sans cesse, je n'ai pas encore trouvé l'occasion de lui parler.

À la tristesse qui le domine au milieu de la joie publique, il m'est aisé de deviner qu'il se fait violence : peut-être je devrois lui en tenir compte ; mais j'ai tant de questions à lui faire sur ton départ d'Espagne, sur ton arrivée ici ; enfin sur des sujets si intéressans, que je ne puis lui pardonner de me fuir. Je sens un desir violent de l'obliger à me parler, & la crainte de réveiller ses plaintes & ses regrets, me retient.

Céline toute occupée de son nouvel Époux, ne m'est d'aucun secours, le reste de la compagnie ne m'est point agréable ; ainsi, seule au milieu d'une assemblée tumultueuse, je n'ai d'amusement que mes pensées, elles sont toutes à toi, mon cher Aza ; tu seras à jamais le seul confident de mon cœur, de mes plaisirs, & de mon bonheur.

LETTRE VINGT-NEUF.

J'Avois grand tort, mon cher Aza, de desirer si vivement un entretien avec Déterville. Hélas ! il ne m'a que trop parlé ; quoique je désavoue le trouble qu'il a excité dans mon ame, il n'est point encore effacé.

Je ne sçais quelle sorte d'impatience se joignit hier à ma tristesse accoutumée. Le monde & le bruit me devinrent plus importuns qu'à l'ordinaire : jusqu'à la tendre satisfaction de Céline & de son Époux, tout ce que je voyois, m'inspiroit une indignation approchante du mépris. Honteuse de trouver des sentimens si injustes dans mon cœur, j'allai cacher l'embarras qu'ils me causoient dans l'endroit le plus reculé du jardin.

À peine m'étois-je assise au pied d'un arbre, que des larmes involontaires coulerent de mes yeux. Le visage caché dans mes mains, j'étois ensevelie dans une rêverie si profonde, que Déterville étoit à genoux à côté de moi avant que je l'eusse apperçu.

Ne vous offensez pas, Zilia, me dit-il, c'est le hazard qui m'a conduit à vos pieds, je ne vous cherchois pas. Importuné du tumulte, je venois jouir en paix de ma douleur. Je vous ai apperçue, j'ai combattu avec moi-même pour m'éloigner de vous, mais je suis trop malheureux pour l'être sans relâche ; par pitié pour moi je me suis approché, j'ai vû couler vos larmes, je n'ai plus été le maître de mon cœur, cependant si vous m'ordonnez de vous fuir, je vous obéirai. Le pourrez-vous, Zilia ? vous suis-je odieux ? Non, lui dis-je, au-contraire, asseyez-vous, je suis bien aise de trouver une occasion de m'expliquer depuis vos derniers bienfaits… N'en parlons point, interrompit-il vivement. Attendez, repris-je, pour être tout-à-fait généreux, il faut se prêter à la reconnoissance ; je ne vous ai point parlé depuis que vous m'avez rendu les précieux ornemens du Temple où j'ai été enlevée. Peut-être en vous écrivant, ai-je mal exprimé les sentimens qu'un tel excès de bonté m'inspiroit, je veux… Hélas ! interrompit-il encore, que la reconnoissance est peu flateuse pour un cœur malheureux ! Compagne de l'indifférence, elle ne s'allie que trop souvent avec la haine.

Qu'osez-vous penser ! m'écriai-je : ah, Déterville ! combien j'aurois de reproches à vous faire, si vous n'étiez pas tant à plaindre ! bien loin de vous haïr, dès le premier moment où je vous ai vû, j'ai senti moins de répugnance à dépendre de vous que des Espagnols. Votre douceur & votre bonté me firent desirer dès-lors de gagner votre amitié, à mesure que j'ai démêlé votre caractére. Je me suis confirmée dans l'idée que vous méritiez toute la mienne, & sans parler des extrêmes obligations que je vous ai (puisque ma reconnoissance vous blesse) comment aurois-je pu me défendre des sentimens qui vous sont dus ?

LETTRE VINGT-NEUF.

Je n'ai trouvé que vos vertus dignes de la simplicité des nôtres. Un fils du Soleil s'honoreroit de vos sentimens ; votre raison est presque celle de la nature ; combien de motifs pour vous cherir ! jusqu'à la noblesse de votre figure, tout me plaît en vous : l'amitié a des yeux aussi-bien que l'amour. Autrefois après un moment d'absence, je ne vous voyois pas revenir sans qu'une sorte de sérénité ne se répandît dans mon cœur ; pourquoi avez-vous changé ces innocens plaisirs en peines & en contraintes ?

Votre raison ne paroît plus qu'avec effort. J'en crains sans cesse les écarts. Les sentimens dont vous m'entretenez, gênent l'expression des miens, ils me privent du plaisir de vous peindre sans détour les charmes que je goûterois dans votre amitié, si vous n'en troubliez la douceur. Vous m'ôtez jusqu'à la volupté délicate de regarder mon bienfaiteur, vos yeux embarrassent les miens, je n'y remarque plus cette agréable tranquillité qui passoit quelquefois jusqu'à mon ame : je n'y trouve qu'une morne douleur qui me reproche sans cesse d'en être la cause. Ah, Déterville ! que vous êtes injuste, si vous croyez souffrir seul !

Ma chere Zilia, s'écria-t-il en me baisant la main avec ardeur, que vos bontés & votre franchise redoublent mes regrets ! quel trésor que la possession d'un cœur tel que le vôtre ! mais avec quel désespoir vous m'en faites sentir la perte !

Puissante Zilia, continua-t-il, quel pouvoir est le vôtre ! n'étoit-ce point assez de me faire passer de la profonde indifférence à l'amour excessif, de l'indolence à la fureur, faut-il encore me vaincre ? Le pourrai-je ? Oui, lui dis-je, cet effort est digne de vous, de votre cœur. Cette action juste vous élève au-dessus des mortels. Mais pourrai-je y survivre ? reprit-il douloureusement ; n'espérez pas au moins que je serve de victime au triomphe de votre amant ; j'irai loin de vous adorer votre idée, elle sera la nourriture amère de mon cœur, je vous aimerai, & je ne vous verrai plus ! ah ! du moins n'oubliez pas…

Les sanglots étouffèrent sa voix, il se hâta de cacher les larmes qui couvroient son visage, j'en répandois moi-même : aussi touchée de sa générosité que de sa douleur, je pris une de ses mains que je serrai dans les miennes ; non, lui dis-je, vous ne partirez point. Laissez-moi mon ami, contentez-vous des sentimens que j'aurai toute ma vie pour vous ; je vous aime presqu'autant que j'aime Aza, mais je ne puis jamais vous aimer comme lui.

Cruelle Zilia ! s'écria-t-il avec transport, accompagnez-vous toujours vos bontés des coups les plus sensibles ? un mortel poison détruira-t-il sans cesse le charme que vous répandez sur vos paroles ? Que je suis insensé de me livrer à leur douceur ! dans quel honteux abaissement je me plonge ! C'en est fait, je me rends à moi-même, ajouta-t-il d'un ton ferme ; adieu, vous verrez bien-tôt Aza. Puisse-t-il ne pas vous faire éprouver les tourmens qui me dévorent, puisse-t-il être tel que vous le desirez, & digne de votre cœur.

Quelles allarmes, mon cher Aza, l'air dont il prononça ces dernieres paroles, ne jetta-t-il pas dans mon ame ! Je ne pus me défendre des soupçons qui se présenterent en foule à mon esprit. Je ne doutai pas que Déterville ne fût mieux instruit qu'il ne vouloit le paroître, qu'il ne m'eût caché quelques Lettres qu'il pouvoit avoir reçues d'Espagne. Enfin (oserois-je le prononcer) que tu ne fus infidéle.

Je lui demandai la vérité avec les dernieres instances, tout ce que je pus tirer de lui, ne fut que des conjectures vagues, aussi propres à confirmer qu'à détruire mes craintes.

Cependant les réflexions sur l'inconstance des hommes, sur les dangers de l'absence, & sur la légereté avec laquelle tu avois changé de Religion, resterent profondément gravées dans mon esprit.

Pour la premiere fois, ma tendresse me devint un sentiment pénible, pour la premiere fois je craignis de perdre ton cœur ; Aza, s'il étoit vrai, si tu ne m'aimois plus, ah ! que ma mort nous sépare plutôt que ton inconstance.

Non, c'est le désespoir qui a suggeré à Déterville ces affreuses idées. Son trouble & son égarement ne devoient-ils pas me rassurer ? L'intérêt qui le faisoit parler, ne devoit-il pas m'être suspect ? Il me le fut, mon cher Aza, mon chagrin se tourna tout entier contre lui, je le traitai durement, il me quitta désespéré.

Hélas ! l'étois-je moins que lui ? Quels tourmens n'ai-je point soufferts avant de retrouver le repos de mon cœur ? Est-il encore bien affermi ? Aza ! je t'aime si tendrement ! pourrois-tu m'oublier ?

LETTRE TRENTIÉME.

QUE ton voyage est long, mon cher Aza ! Que je desire ardemment ton arrivée ! Le tems a dissipé mes inquiétudes : je ne les vois plus que comme un songe dont la lumière du jour efface l'impression. Je me fais un crime de t'avoir soupçonné, & mon repentir redouble ma tendresse ; il a presque entierement détruit la pitié que me causoient les peines de Déterville ; je ne puis lui pardonner la mauvaise opinion qu'il semble avoir de toi ; j'en ai bien moins de regret d'être en quelque façon séparée de lui.

Nous sommes à Paris depuis quinze jours ; je demeure avec Céline dans la maison de son mari, assez éloignée de celle de son frère, pour n'être point obligée à le voir à toute heure. Il vient souvent y manger ; mais nous menons une vie si agitée, Céline & moi, qu'il n'a pas le loisir de me parler en particulier.

Depuis notre retour, nous employons une partie de la journée au travail pénible de notre ajustement, & le reste à ce que l'on appelle rendre des devoirs.

Ces deux occupations me paroîtroient aussi infructueuses qu'elles sont fatiguantes, si la derniere ne me procuroit les moyens de m'instruire plus particulierement des usages de ce pays.

À mon arrivée en France, n'entendant pas la langue, je ne pouvois juger que sur les dehors ; peu instruite dans la maison religieuse, je ne l'ai guère été davantage à la campagne, où je n'ai vu qu'une société particuliere, dont j'étois trop ennuiée pour l'éxaminer. Ce n'est qu'ici, où répandue dans ce que l'on appelle le grand monde, je vois la nation entière.

Les devoirs que nous rendons, consistent à entrer en un jour dans le plus grand nombre de maisons qu'il est possible pour y rendre & y recevoir un tribut de louanges réciproques sur la beauté du visage & de la taille, sur l'excellence du goût & du choix des parures.

Je n'ai pas été longtems sans m'appercevoir de la raison qui fait prendre tant de peines, pour acquerir cet hommage ; c'est qu'il faut nécessairement le recevoir en personne, encore n'est-il que bien momentané. Dès que l'on disparoît, il prend une autre forme. Les agrémens que l'on trouvoit à celle qui sort, ne servent plus que de comparaison méprisante pour établir les perfections de celle qui arrive.

La censure est le goût dominant des François, comme l'inconséquence est le caractère de la nation. Leurs livres sont la critique générale des mœurs, & leur conversation celle de chaque particulier, pourvû néanmoins qu'ils soient absens.

Ce qu'ils appellent la mode n'a point encore alteré l'ancien usage de dire librement tout le mal que l'on peut des autres, & quelquefois celui que l'on ne pense pas. Les plus gens de bien suivent la coutume ; on les distingue seulement à une certaine formule d'apologie de leur franchise & de leur amour pour la vérité, au moyen de laquelle ils révélent sans scrupule les défauts, les ridicules & jusqu'aux vices de leurs amis.

Si la sincérité dont les François font usage les uns contre les autres, n'a point d'exception, de même leur confiance réciproque est sans borne. Il ne faut ni éloquence pour se faire écouter, ni probité pour se faire croire. Tout est dit, tout est reçu avec la même légereté.

Ne crois pas pour cela, mon cher Aza, qu'en général les François soient nés méchans, je serois plus injuste qu'eux si je te laissois dans l'erreur.

Naturellement sensibles, touchés de la vertu, je n'en ai point vû qui écoutât sans attendrissement l'histoire que l'on m'oblige souvent à faire de la droiture de nos cœurs, de la candeur de nos sentimens & de la simplicité de nos mœurs ; s'ils vivoient parmi nous, ils deviendroient vertueux : l'exemple & la coutume sont les tirans de leurs usages.

Tel qui pense bien, médit d'un absent pour n'être pas méprisé de ceux qui l'écoutent. Tel autre seroit bon, humain, sans orgueil, s'il ne craignoit d'être ridicule, & tel est ridicule par état qui seroit un modèle de perfections s'il osoit hautement avoir du mérite.

Enfin, mon cher Aza, leurs vices sont artificiels comme leurs vertus, & la frivolité de leur caractère ne leur permet d'être qu'imparfaitement ce qu'il sont. Ainsi que leurs jouets de l'enfance, ridicules institutions des êtres pensans, ils n'ont, comme eux, qu'une ressemblance ébauchée avec leurs modèles ; du poids aux yeux, de la légéreté au tact, la surface coloriée, un intérieur informe, un prix apparent, aucune valeur réelle. Aussi ne sont-ils estimés par les autres nations que comme les jolies bagatelles le sont dans la société. Le bon sens sourit à leurs gentillesses & les remet froidement à leur place.

Heureuse la nation qui n'a que la nature pour guide, la vérité pour mobile & la vertu pour principe.

LETTRE TRENTE-UNE.

IL n'est pas surprenant, mon cher Aza, que l'inconséquence soit une suite du caractère léger des François ; mais je ne puis assez m'étonner de ce qu'avec autant & plus de lumières qu'aucune autre nation, ils semblent ne pas appercevoir les contradictions choquantes que les Étrangers remarquent en eux dès la première vue.

Parmi le grand nombre de celles qui me frappent tous les jours, je n'en vois point de plus deshonorante pour leur esprit, que leur façon de penser sur les femmes. Ils les respectent, mon cher Aza, & en même-temps ils les méprisent avec un égal excès.

La premiere loi de leur politesse, ou si tu veux de leur vertu (car je ne leur en connois point d'autre) regarde les femmes. L'homme du plus haut rang doit des égards à celle de la plus vile condition, il se couvriroit de honte & de ce qu'on appelle ridicule, s'il lui faisoit quelque insulte personnelle. Et cependant l'homme le moins considérable, le moins estimé, peut tromper, trahir une femme de mérite, noircir sa réputation par des calomnies, sans craindre ni blâme ni punition.

Si je n'étois assurée que bientôt tu pourras en juger par toi-même, oserois-je te peindre des contrastes que la simplicité de nos esprits peut à peine concevoir ? Docile aux notions de la nature, notre genie ne va pas au-delà ; nous avons trouvé que la force & le courage dans un sexe, indiquoit qu'il devoit être le soutien & le défenseur de l'autre, nos Loix y sont conformes[46]. Ici loin de compatir à la foiblesse des femmes, celles du peuple accablées de travail n'en sont soulagées ni par les loix ni par leurs maris ; celles d'un rang plus élevé, jouet de la séduction ou de la méchanceté des hommes, n'ont pour se dédommager de leurs perfidies, que les dehors d'un respect purement imaginaire, toujours suivi de la plus mordante satyre.

Je m'étois bien apperçue en entrant dans le monde que la censure habituelle de la nation tomboit principalement sur les femmes, & que les hommes, entre eux, ne se méprisoient qu'avec ménagement : j'en cherchois la cause dans leurs bonnes qualités, lorsqu'un accident me l'a fait découvrir parmi leurs défauts.

Dans toutes les maisons où nous sommes entrées depuis deux jours, on a raconté la mort d'un jeune homme tué par un de ses amis, & l'on approuvoit cette action barbare, par la seule raison, que le mort avoit parlé au désavantage du vivant ; cette nouvelle extravagance me parut d'un caractère assez sérieux pour être approfondie. Je m'informai, & j'appris, mon cher Aza, qu'un homme est obligé d'exposer sa vie pour la ravir à un autre, s'il apprend que cet autre a tenu quelques discours contre lui ; ou à se bannir de la société s'il refuse de prendre une vengeance si cruelle. Il n'en fallut pas davantage pour m'ouvrir les yeux sur ce que je cherchois. Il est clair que les hommes naturellement lâches, sans honte & sans remords ne craignent que les punitions corporelles, & que si les femmes étoient autorisées à punir les outrages qu'on leur fait de la même maniere dont ils sont obligés de se venger de la plus légere insulte, tel que l'on voit reçu & accueilli dans la société, ne seroit plus ; ou retiré dans un desert, il y cacheroit sa honte & sa mauvaise foi : mais les lâches n'ont rien à craindre, ils ont trop bien fondé cet abus pour le voir jamais abolir.

L'impudence & l'effronterie sont les premiers sentimens que l'on inspire aux hommes, la timidité, la douceur & la patience, sont les seules vertus que l'on cultive dans les femmes : comment ne seroient-elles pas les victimes de l'impunité ?

Ô mon cher Aza ! que les vices brillans d'une nation d'ailleurs charmante, ne nous dégoûtent point de la naive simplicité de nos mœurs ! N'oublions jamais, toi, l'obligation où tu es d'être mon exemple, mon guide & mon soutien dans le chemin de la vertu ; & moi celle où je suis de conserver ton estime & ton amour, en imitant mon modéle, en le surpassant même s'il est possible, en méritant un respect fondé sur le mérite & non pas sur un frivole usage.

LETTRE TRENTE-DEUX.

NOs visites & nos fatigues, mon cher Aza, ne pouvoient se terminer plus agréablement. Quelle journée délicieuse j'ai passé hier ! combien les nouvelles obligations que j'ai à Déterville & à sa sœur me sont agréables ! mais combien elles me seront cheres, quand je pourrai les partager avec toi !

Après deux jours de repos, nous partimes hier matin de Paris, Céline, son frere, son mari & moi, pour aller, disoit-elle, rendre une visite à la meilleure de ses amies. Le voyage ne fut pas long, nous arrivâmes de très-bonne heure à une maison de campagne dont la situation & les approches me parurent admirables ; mais ce qui m'étonna en y entrant, fut d'en trouver toutes les portes ouvertes, & de n'y rencontrer personne.

Cette maison trop belle pour être abandonnée, trop petite pour cacher le monde qui auroit dû l'habiter, me paroissoit un enchantement. Cette pensée me divertit ; je demandai à Céline si nous étions chez une de ces Fées dont elle m'avoit fait lire les histoires, où la maitresse du logis étoit invisible ainsi que les domestiques.

Vous la verrez, me répondit-elle, mais comme des affaires importantes l'appellent ailleurs pour toute la journée, elle m'a chargée de vous engager à faire les honneurs de chez elle pendant son absence. Alors, ajouta-t-elle en riant, voyons comment vous vous en tirerez ? J'entrai volontiers dans la plaisanterie ; je repris le ton sérieux pour copier les complimens que j'avois entendu faire en pareil cas, & l'on trouva que je m'en acquittai assez bien.

Après s'être amusée quelque tems de ce badinage, Céline me dit : tant de politesse suffiroit à Paris pour nous bien recevoir ; mais, Madame, il faut quelque chose de plus à la campagne, n'aurez-vous pas la bonté de nous donner à dîner ?

Ah ! sur cet article, lui dis-je, je n'en sçais pas assez pour vous satisfaire, & je commence à craindre pour moi-même que votre amie ne s'en soit trop rapportée à mes soins. Je sçais un remede à cela, répondit Céline, si vous voulez seulement prendre la peine d'écrire votre nom, vous verrez qu'il n'est pas si difficile que vous le pensez, de bien régaler ses amies ; vous me rassurez, lui dis-je, allons, écrivons promptement.

Je n'eus pas plutôt prononcé ces paroles, que je vis entrer un homme vêtu de noir, qui tenoit une écritoire & du papier, déja écrit ; il me le présenta, & j'y plaçai mon nom où l'on voulut.

Dans l'instant même, parut un autre homme d'assez bonne mine, qui nous invita selon la coutume, de passer avec lui dans l'endroit où l'on mange.

Nous y trouvâmes une table servie avec autant de propreté que de magnificence ; à peine étions nous assis qu'une musique charmante se fit entendre dans la chambre voisine ; rien ne manquoit de tout ce qui peut rendre un repas agréable. Déterville même sembloit avoir oublié son chagrin pour nous exciter à la joie, il me parloit en mille manieres de ses sentimens pour moi, mais toujours d'un ton flatteur, sans plaintes ni reproches.

Le jour étoit serein ; d'un commun accord nous résolûmes de nous promener en sortant de table. Nous trouvâmes les jardins beaucoup plus étendus que la maison ne sembloit le promettre. L'art & la simétrie ne s'y faisoient admirer que pour rendre plus touchans les charmes de la simple nature.

Nous bornâmes notre course dans un bois qui termine ce beau jardin ; assis tous quatre sur un gazon délicieux, nous commencions déjà à nous livrer à la rêverie qu'inspirent naturellement les beautés naturelles, quand à travers les arbres, nous vîmes venir à nous d'un côté une troupe de paysans vêtus proprement à leur maniere, précédés de quelques instrumens de musique, & de l'autre une troupe de jeunes filles vêtues de blanc, la tête ornée de fleurs champêtres, qui chantoient d'une façon rustique, mais mélodieuse, des chansons, où j'entendis avec surprise, que mon nom étoit souvent répété.

Mon étonnement fut bien plus fort, lorsque les deux troupes nous ayant jointes, je vis l'homme le plus apparent, quitter la sienne, mettre un genouil en terre, & me présenter dans un grand bassin plusieurs clefs avec un compliment, que mon trouble m'empêcha de bien entendre ; je compris seulement, qu'étant le chef des villageois de la Contrée, il venoit me faire hommage en qualité de leur Souveraine, & me présenter les clefs de la maison dont j'étois aussi la maitresse.

Dès qu'il eut fini sa harangue, il se leva pour faire place à la plus jolie d'entre les jeunes filles. Elle vint me présenter une gerbe de fleurs ornée de rubans, qu'elle accompagna aussi d'un petit discours à ma louange, dont elle s'acquita de bonne grace.

LETTRE TRENTE-DEUX.

J'étois trop confuse, mon cher Aza, pour répondre à des éloges que je méritois si peu ; d'ailleurs tout ce qui se passoit, avoit un ton si approchant de celui de la vérité, que dans bien des momens, je ne pouvois me défendre de croire (ce que néanmoins) je trouvois incroiable : cette pensée en produisit une infinité d'autres : mon esprit étoit tellement occupé, qu'il me fut impossible de proférer une parole : si ma confusion étoit divertissante pour sa compagnie, elle ne l'étoit guères pour moi.

Déterville fut le premier qui en fut touché ; il fit un signe à sa sœur, elle se leva après avoir donné quelques piéces d'or aux païsans & aux jeunes filles, en leur disant (que c'étoit les prémices de mes bontés pour eux) elle me proposa de faire un tour de promenade dans le bois, je la suivis avec plaisir, comptant bien lui faire des reproches de l'embarras où elle m'avoit mise ; mais je n'en eus pas le tems : à peine avions-nous fait quelques pas, qu'elle s'arrêta & me regardant avec une mine riante : avouez, Zilia, me dit-elle, que vous êtes bien fâchée contre nous, & que vous le serez bien davantage, si je vous dis, qu'il est très vrai que cette terre & cette maison vous appartiennent.

À moi, m'écriai-je ! ah Céline ! vous poussez trop loin l'outrage, ou la plaisanterie. Attendez, me dit-elle plus sérieusement, si mon frère avoit disposé de quelques parties de vos trésors pour en faire l'acquisition, & qu'au lieu des ennuieuses formalités, dont il s'est chargé, il ne vous eût reservé que la surprise, nous haïriez-vous bien fort ? ne pourriez-vous nous pardonner de vous avoir procuré (à tout événement) une demeure telle que vous avez paru l'aimer, & de vous avoir assuré une vie indépendante ? Vous avez signé ce matin l'acte authentique qui vous met en possession de l'une & l'autre. Grondez-nous à présent tant qu'il vous plaira, ajouta-t-elle en riant, si rien de tout cela ne vous est agréable.

Ah, mon aimable amie ! m'écriai-je, en me jettant dans ses bras. Je sens trop vivement des soins si généreux pour vous exprimer ma reconnoissance ; il ne me fut possible de prononcer que ce peu de mots ; j'avois senti d'abord l'importance d'un tel service. Touchée, attendrie, transportée de joie en pensant au plaisir que j'aurois de te consacrer cette charmante demeure ; la multitude de mes sentimens en étouffoit l'expression. Je faisois à Céline des caresses qu'elle me rendoit avec la même tendresse ; & après m'avoir donné le tems de me remettre, nous allâmes retrouver son frère & son mari.

Un nouveau trouble me saisit en abordant Déterville, & jetta un nouvel embarras dans mes expressions ; je lui tendis la main, il la baisa sans proférer une parole, & se détourna pour cacher des larmes qu'il ne put retenir, & que je pris pour des signes de la satisfaction qu'il avoit de me voir si contente ; j'en fus attendrie jusqu'à en verser aussi quelques-unes. Le mari de Céline, moins intéressé que nous, à ce qui se passoit, remit bientôt la conversation sur le ton de plaisanterie ; il me fit des complimens sur ma nouvelle dignité, & nous engagea à retourner à la maison pour en examiner, disoit-il, les défauts, & faire voir à Déterville que son goût n'étoit pas aussi sûr qu'il s'en flattoit.

Te l'avouerai-je, mon cher Aza, tout ce qui s'offrit à mon passage me parut prendre une nouvelle forme ; les fleurs me sembloient plus belles, les arbres plus verds, la simétrie des jardins mieux ordonnée.

Je trouvai la maison plus riante, les meubles plus riches, les moindres bagatelles m'étoient devenues intéressantes.

Je parcourus les appartemens dans une yvresse de joie, qui ne me permettoit pas de rien examiner ; le seul endroit où je m'arrêtai, fut dans une assez grande chambre entourée d'un grillage d'or, légèrement travaillé, qui renfermoit une infinité de Livres de toutes couleurs, de toutes formes, & d'une propreté admirable ; j'étois dans un tel enchantement, que je croiois ne pouvoir les quitter sans les avoir tous lûs. Céline m'en arracha, en me faisant souvenir d'une clef d'or que Déterville m'avoit remise. Nous cherchâmes à l'employer, mais nos recherches auroient été inutiles, s'il ne nous eût montré la porte qu'elle devoit ouvrir, confondue avec art dans les lambris ; il étoit impossible de la découvrir sans en savoir le secret.

Je l'ouvris avec précipitation, & je restai immobile à la vue des magnificences qu'elle renfermoit.

C'étoit un cabinet tout brillant de glaces & de peintures : les lambris à fond verd, ornés de figures extrêmement bien dessinnées, imitoient une partie des jeux & des cérémonies de la ville du Soleil, telles à peu près que je les avois racontées à Déterville.

On y voyoit nos Vierges représentées en mille endroits avec le même habillement que je portois en arrivant en France ; on disoit

LETTRE TRENTE-DEUX.

même qu'elles me ressembloient.

Les ornemens du Temple que j'avois laissés dans la maison Religieuse, soutenus par des Piramides dorées, ornoient tous les coins de ce magnifique cabinet. La figure du Soleil suspendue au milieu d'un plafond peint des plus belles couleurs du ciel, achevoit par son éclat d'embellir cette charmante solitude : & des meubles commodes assortis aux peintures la rendoient délicieuse.

En examinant de plus près ce que j'étois ravie de retrouver, je m'apperçus que la chaise d'or y manquoit : quoique je me gardasse bien d'en parler, Déterville me devina ; il saisit ce moment pour s'expliquer : vous cherchez inutilement, belle Zilia, me dit-il, par un pouvoir magique la chaise de l'*Inca*, s'est transformée en maison, en jardin, en terres. Si je n'ai pas employé ma propre science à cette métamorphose, ce n'a pas été sans regret, mais il a fallu respecter votre délicatesse ; voici, me dit-il, en ouvrant une petite armoire (pratiquée adroitement dans le mur,) voici les débris de l'opération magique. En même-tems il me fit voir une cassette remplie de piéces d'or à l'usage de France. Ceci, vous le sçavez, continua-t-il, n'est pas ce qui est le moins nécessaire parmi nous, j'ai cru devoir vous en conserver une petite provision.

Je commençois à lui témoigner ma vive reconnoissance & l'admiration que me causoient des soins si prévenans ; quand Céline m'interrompit & m'entraîna dans une chambre à côté du merveilleux cabinet. Je veux aussi, me dit-elle, vous faire voir la puissance de mon art. On ouvrit de grandes armoires remplies d'étoffes admirables, de linge, d'ajustemens, enfin de tout ce qui est à l'usage des femmes, avec une telle abondance, que je ne pûs m'empêcher d'en rire & de demander à Céline, combien d'années elle vouloit que je vécusse pour employer tant de belles choses. Autant que nous en vivrons mon frère & moi, me répondit-elle : & moi, repris-je, je desire que vous viviez l'un & l'autre autant que je vous aimerai, & vous ne mourrez assurément pas les premiers.

En achevant ces mots, nous retournâmes dans le Temple du Soleil (c'est ainsi qu'ils nommerent le merveilleux Cabinet.) J'eus enfin la liberté de parler, j'exprimai, comme je le sentois, les sentimens dont j'étois pénétrée. Quelle bonté ! Que de vertus dans les procédés du frère & de la sœur !

Nous passâmes le reste du jour dans les délices de la confiance &

de l'amitié ; je leur fis les honneurs du soupé encore plus gaiement que je n'avois fait ceux du dîner. J'ordonnois librement à des domestiques que je savois être à moi ; je badinois sur mon autorité & mon opulence ; je fis tout ce qui dépendoit de moi, pour rendre agréables à mes bienfaiteurs leurs propres bienfaits.

Je crus cependant m'appercevoir qu'à mesure que le tems s'écouloit, Déterville retomboit dans sa mélancolie, & même qu'il échappoit de tems en tems des larmes à Céline ; mais l'un & l'autre reprenoient si promptement un air serein, que je crus m'être trompée.

Je fis mes efforts pour les engager à jouir quelques jours avec moi du bonheur qu'ils me procuroient. Je ne pûs l'obtenir ; nous sommes revenus cette nuit, en nous promettant de retourner incessamment dans mon Palais enchanté.

Ô, mon cher Aza, quelle sera ma félicité, quand je pourrai l'habiter avec toi !

LETTRE TRENTE-TROIS.

LA tristesse de Déterville & de sa sœur, mon cher Aza, n'a fait qu'augmenter depuis notre retour de mon Palais enchanté : ils me sont trop chers l'un & l'autre pour ne m'être pas empressée à leur en demander le motif ; mais voyant qu'ils s'obstinoient à me le taire, je n'ai plus douté que quelque nouveau malheur n'ait traversé ton voyage, & bientôt mon inquiétude a surpassé leur chagrin. Je n'en ai pas dissimulé la cause, & mes aimables amis ne l'ont pas laissé durer longtems.

Déterville m'a avoué qu'il avoit résolu de me cacher le jour de ton arrivée, afin de me surprendre, mais que mon inquiétude lui faisoit abandonner son dessein. En effet, il m'a montré une Lettre du guide qu'il t'a fait donner, & par le calcul du tems & du lieu ou elle a été écrite, il m'a fait comprendre que tu peux être ici aujourd'hui, demain, dans ce moment même ; enfin qu'il n'y a plus de tems à mesurer jusqu'à celui qui comblera tous mes vœux.

Cette premiere confidence faite, Déterville n'a plus hésité de me dire tout le reste de ses arrangemens. Il m'a fait voir l'appartement qu'il te destine, tu logeras ici, jusqu'à ce qu'unis ensemble, la décence nous permette d'habiter mon délicieux Château. Je ne te perdrai plus de vue, rien ne nous séparera ; Déterville a pourvu à tout, & m'a convaincue plus que jamais de l'excès de sa générosité.

Après cet éclaircissement, je ne cherche plus d'autre cause à la tristesse qui le dévore que ta prochaine arrivée. Je le plains : je compatis à sa douleur, je lui souhaite un bonheur qui ne dépende point de mes sentimens, & qui soit une digne récompense de sa vertu.

Je dissimule même une partie des transports de ma joie pour ne pas irriter sa peine. C'est tout ce que je puis faire ; mais je suis trop occupée de mon bonheur pour le renfermer entierement en moi-même : ainsi quoique je te croie fort près de moi, que je tressaille au moindre bruit, que j'interrompe ma Lettre presque à chaque mot pour courir à la fenêtre, je ne laisse pas de continuer à écrire, il faut ce soulagement au transport de mon cœur. Tu es plus près de moi, il est vrai ; mais ton absence en est-elle moins réelle que si les mers nous séparoient encore ? Je ne te vois point, tu ne peux m'entendre, pourquoi cesserois-je de m'entretenir avec toi de la seule façon dont je puis le faire ? encore un moment, & je te verrai ; mais ce moment n'existe point. Eh ! puis-je mieux employer ce qui me reste de ton absence, qu'en te peignant la vivacité de ma tendresse ! Hélas ! tu l'as vue toujours gémissante. Que ce tems est loin de moi ! avec quel transport il sera effacé de mon souvenir ! Aza, cher Aza ! que ce nom est doux ! bientôt je ne t'appellerai plus en vain, tu m'entendras, tu voleras à ma voix : les plus tendres expressions de mon cœur seront la récompense de ton empressement... On m'interrompt, ce n'est pas toi, & cependant il faut que je te quitte.

LETTRE TRENTE-QUATRE
Au Chevalier Déterville.

À Malthe.

Avez-vous pû, Monsieur, prévoir sans repentir le chagrin mortel que vous deviez joindre au bonheur que vous me prépariez ? Comment avez-vous eu la cruauté de faire précéder votre départ par des circonstances si agréables, par des motifs de reconnoissance si pressans, à moins que ce ne fût pour me rendre plus sensible à votre desespoir & à votre absence ? comblée il y a deux jours des douceurs de l'amitié, j'en éprouve aujourd'hui les peines les plus ameres.

Céline toute affligée qu'elle est, n'a que trop bien exécuté vos ordres. Elle m'a présenté Aza d'une main, & de l'autre votre cruelle Lettre. Au comble de mes vœux la douleur s'est fait sentir dans mon ame ; en retrouvant l'objet de ma tendresse, je n'ai point oublié que je perdois celui de tous mes autres sentimens. Ah, Déterville ! que pour cette fois votre bonté est inhumaine ! mais n'esperez pas exécuter jusqu'à la fin vos injustes résolutions ; non, la mer ne nous séparera pas à jamais de tout ce qui vous est cher ; vous entendrez prononcer mon nom, vous recevrez mes Lettres, vous écouterez mes prieres ; le sang & l'amitié reprendront leurs droits sur votre cœur ; vous vous rendrez à une famille à laquelle je suis responsable de votre perte.

Quoi ! pour récompense de tant de bienfaits, j'empoisonnerois vos jours & ceux de votre sœur ! je romprois une si tendre union ! je porterois le désespoir dans vos cœurs, même en jouissant encore de vos bontés ! non ne le croyez pas, je ne me vois qu'avec horreur dans une maison que je remplis de deuil ; je reconnois vos soins au bon traitement que je reçois de Céline, au moment même où je lui pardonnerois de me haïr ; mais quels qu'ils soient, j'y renonce, & je m'éloigne pour jamais des lieux que je ne puis souffrir, si vous n'y revenez. Que vous êtes aveugle, Déterville !

Quelle erreur vous entraîne dans un dessein si contraire à vos vues ? vous vouliez me rendre heureuse, vous ne me rendez que coupable ; vous vouliez sécher mes larmes, vous les faites couler, & vous perdez par votre éloignement le fruit de votre sacrifice.

Hélas ! peut-être n'auriez-vous trouvé que trop de douceur dans cette entrevue, que vous avez cru si redoutable pour vous ! Cet Aza, l'objet de tant d'amours, n'est plus le même Aza, que je vous ai peint avec des couleurs si tendres. Le froid de son abord, l'éloge des Espagnols, dont cent fois il a interrompu le plus doux épanchement de mon ame, la curiosité offensante, qui l'arrache à mes transports, pour visiter les raretés de Paris : tout me fait craindre des maux dont mon cœur frémit. Ah, Déterville ! peut-être ne serez-vous pas longtems le plus malheureux.

Si la pitié de vous-même ne peut rien sur vous, que les devoirs de l'amitié vous ramenent ; elle est le seul azile de l'amour infortuné. Si les maux que je redoute alloient m'accabler, quels reproches n'auriez-vous pas à vous faire ? Si vous m'abandonnez, où trouverai-je des cœurs sensibles à mes peines ? La générosité, jusqu'ici la plus forte de vos passions, céderoit-elle enfin à l'amour mécontent ? Non, je ne puis le croire ; cette foiblesse seroit indigne de vous ; vous êtes incapable de vous y livrer ; mais venez m'en convaincre, si vous aimez votre gloire & mon repos.

LETTRE TRENTE-CINQ
Au Chevalier Déterville.

à Malthe.

SI vous n'étiez la plus noble des créatures, Monsieur, je serois la plus humiliée ; si vous n'aviez l'ame la plus humaine, le cœur le plus compatissant, seroit-ce à vous que je ferois l'aveu de ma honte & de mon désespoir ? Mais hélas ! que me reste-t-il à craindre ? qu'ai-je à ménager ? tout est perdu pour moi.

Ce n'est plus la perte de ma liberté, de mon rang, de ma patrie que je regrette ; ce ne sont plus les inquiétudes d'une tendresse innocente qui m'arrachent des pleurs ; c'est la bonne foi violée, c'est l'amour méprisé qui déchire mon ame. Aza est infidéle.

Aza infidéle ! Que ces funestes mots ont de pouvoir sur mon ame... mon sang se glace... un torrent de larmes...

J'appris des Espagnols à connoître les malheurs ; mais le dernier de leurs coups est le plus sensible : ce sont eux qui m'enlevent le cœur d'Aza ; c'est leur cruelle Religion qui me rend odieuse à ses yeux. Elle approuve, elle ordonne l'infidélité, la perfidie, l'ingratitude ; mais elle défend l'amour de ses proches. Si j'étois étrangere, inconnue, Aza pourroit m'aimer : unis par les liens du sang, il doit m'abandonner, m'ôter la vie sans honte, sans regret, sans remords.

Hélas ! toute bizarre qu'est cette Religion, s'il n'avoit fallu que l'embrasser pour retrouver le bien qu'elle m'arrache (sans corrompre mon cœur par ses principes) j'aurois soumis mon esprit à ses illusions. Dans l'amertume de mon ame, j'ai demandé d'être instruite ; mes pleurs n'ont point été écoutés. Je ne puis être admise dans une société si pure, sans abandonner le motif qui me détermine, sans renoncer à ma tendresse, c'est-à-dire sans changer mon existence.

Je l'avoue, cette extrême sévérité me frappe autant qu'elle me révolte, je ne puis refuser une sorte de vénération à des Loix qui me tuent ; mais est-il en mon pouvoir de les adopter ? Et quand je les adopterois, quel avantage m'en reviendroit-il ? Aza ne m'aime plus ; ah ! malheureuse...

Le cruel Aza n'a conservé de la candeur de nos mœurs, que le respect pour la vérité, dont il fait un si funeste usage. Séduit par les charmes d'une jeune Espagnole, prêt à s'unir à elle, il n'a consenti à venir en France que pour se dégager de la foi qu'il m'avoit jurée, que pour ne me laisser aucun doute sur ses sentimens ; que pour me rendre une liberté que je déteste ; que pour m'ôter la vie.

Oui, c'est en vain qu'il me rend à moi-même, mon cœur est à lui, il y sera jusqu'à la mort.

Ma vie lui appartient, qu'il me la ravisse & qu'il m'aime...

Vous sçaviez mon malheur, pourquoi ne me l'aviez-vous éclairci qu'à demi ? Pourquoi ne me laissâtes-vous entrevoir que des soupçons qui me rendirent injuste à votre égard ? Eh pourquoi vous en fais-je un crime ? Je ne vous aurois pas cru : aveugle, prévenue, j'aurois été moi-même au-devant de ma funeste destinée, j'aurois conduit sa victime à ma Rivale, je serois à présent... Ô Dieux, sauvez-moi cette horrible image !...

Déterville, trop généreux ami ! suis-je digne d'être écoutée ? suis-je digne de votre pitié ? Oubliez mon injustice ; plaignez une malheureuse dont l'estime pour vous est encore au-dessus de sa foiblesse pour un ingrat.

LETTRE TRENTE-SIX
Au Chevalier Déterville.

à Malthe.

Puisque vous vous plaignez de moi, Monsieur, vous ignorez l'état dont les cruels soins de Céline viennent de me tirer. Comment vous aurois-je écrit ? Je ne pensois plus. S'il m'étoit resté quelque sentiment, sans doute la confiance en vous en eût été un ; mais environnée des ombres de la mort, le sang glacé dans les veines, j'ai longtems ignoré ma propre existence ; j'avois oublié jusqu'à mon malheur. Ah, Dieux ! pourquoi en me rappellant à la vie m'a-t-on rappellée à ce funeste souvenir !

Il est parti ! je ne le verrai plus ! il me fuit, il ne m'aime plus, il me l'a dit : tout est fini pour moi. Il prend une autre Épouse, il m'abandonne, l'honneur l'y condamne ; eh bien, cruel Aza, puisque le fantastique honneur de l'Europe a des charmes pour toi, que n'imites-tu aussi l'art qui l'accompagne !

Heureuse Françoise, on vous trahit ; mais vous jouïssez longtems d'une erreur qui feroit à présent tout mon bien. On vous prépare au coup mortel qui me tue. Funeste sincérité de ma nation, vous pouvez donc cesser d'être une vertu ? Courage, fermeté, vous êtes donc des crimes quand l'occasion le veut ?

Tu m'as vûe à tes pieds, barbare Aza, tu les as vûs baignés de mes larmes, & ta fuite... Moment horrible ! pourquoi ton souvenir ne m'arrache-t-il pas la vie ?

Si mon corps n'eût succombé sous l'effort de la douleur, Aza ne triompheroit pas de ma foiblesse... il ne seroit pas parti seul. Je te suivrois, ingrat, je te verrois, je mourrois du moins à tes yeux.

Déterville, quelle foiblesse fatale vous a éloigné de moi ? Vous m'eussiez secourue ; ce que n'a pû faire le désordre de mon désespoir, votre raison capable de persuader, l'auroit obtenu ; peut-être Aza seroit encore ici. Mais, ô Dieux ! déjà arrivé en Espagne au comble de ses vœux... Regrets inutiles, désespoir infructueux, douleur, accable-moi.

Ne cherchez point, Monsieur, à surmonter les obstacles qui vous retiennent à Malthe, pour revenir ici. Qu'y feriez-vous ? fuyez une malheureuse qui ne sent plus les bontés que l'on a pour elle, qui s'en fait un supplice, qui ne veut que mourir.

LETTRE TRENTE-SEPT.

RAssurez-vous, trop généreux ami, je n'ai pas voulu vous écrire que mes jours ne fussent en sureté, & que moins agitée, je ne pusse calmer vos inquiétudes. Je vis ; le destin le veut, je me soumets à ses loix.

Les soins de votre aimable sœur m'ont rendu la santé, quelques retours de raison l'ont soutenue. La certitude que mon malheur est sans remède a fait le reste. Je sçais qu'Aza est arrivé en Espagne, que son crime est consommé, ma douleur n'est pas éteinte, mais la cause n'est plus digne de mes regrets ; s'il en reste dans mon cœur, ils ne sont dus qu'aux peines que je vous ai causées, qu'à mes erreurs, qu'à l'égarement de ma raison.

Hélas ! à mesure qu'elle m'éclaire, je découvre son impuissance, que peut-elle sur une ame désolée ? L'excès de la douleur nous rend la foiblesse de notre premier âge. Ainsi que dans l'enfance, les objets seuls ont du pouvoir sur nous ; il semble que la vue soit le seul de nos sens qui ait une communication intime avec notre ame. J'en ai fait une cruelle expérience.

En sortant de la longue & accablante léthargie où me plongea le départ d'Aza, le premier desir que m'inspira la nature fut de me retirer dans la solitude que je dois à votre prévoyante bonté : ce ne fut pas sans peine que j'obtins de Céline la permission de m'y faire conduire ; j'y trouve des secours contre le désespoir que le monde & l'amitié même ne m'auroient jamais fournis. Dans la maison de votre sœur ses discours consolans ne pouvoient prévaloir sur les objets qui me retraçoient sans cesse la perfidie d'Aza.

La porte par laquelle Céline l'amena dans ma chambre le jour de votre départ & de son arrivée ; le siége sur lequel il s'assit, la place où il m'annonça mon malheur, où il me rendit mes Lettres, jusqu'à son ombre effacée d'un lambris où je l'avois vu se former, tout faisoit chaque jour de nouvelles plaies à mon cœur.

Ici je ne vois rien qui ne me rappelle les idées agréables que j'y reçus à la premiere vue ; je n'y retrouve que l'image de votre amitié & de celle de votre aimable sœur.

Si le souvenir d'Aza se présente à mon esprit, c'est sous le même aspect où je le voyois alors. Je crois y attendre son arrivée. Je me prête à cette illusion autant qu'elle m'est agréable ; si elle me quitte, je prends des Livres, je lis d'abord avec effort, insensiblement de nouvelles idées enveloppent l'affreuse vérité qui m'environne, & donnent à la fin quelque relache à ma tristesse.

L'avouerai-je, les douceurs de la liberté se présentent quelquefois à mon imagination, je les écoute ; environnée d'objets agréables, leur propriété a des charmes que je m'efforce de goûter : de bonne foi avec moi-même je compte peu sur ma raison. Je me prête à mes foiblesses, je ne combats celles de mon cœur, qu'en cedant à celles de mon esprit. Les maladies de l'ame ne souffrent pas les remedes violens.

Peut-être la fastueuse décence de votre nation ne permet-elle pas à mon âge, l'indépendance & la solitude où je vis ; du moins toutes les fois que Céline me vient voir, veut-elle me le persuader ; mais elle ne m'a pas encore donné d'assez fortes raisons pour me convaincre de mon tort ; la véritable décence est dans mon cœur. Ce n'est point au simulacre de la vertu que je rends hommage, c'est à la vertu même. Je la prendrai toujours pour juge & pour guide de mes actions. Je lui consacre ma vie, & mon cœur à l'amitié. Hélas ! quand y regnera-t-elle sans partage & sans retour ?

LETTRE TRENTE-HUIT
& derniere.
Au Chevalier Déterville,

à Paris.

JE reçois presque en même-tems, Monsieur, la nouvelle de votre départ de Malthe & celle de votre arrivée à Paris. Quelque plaisir que je me fasse de vous revoir, il ne peut surmonter le chagrin que me cause le billet que vous m'écrivez en arrivant.

Quoi, Déterville ! après avoir pris sur vous de dissimuler vos sentimens dans toutes vos Lettres, après m'avoir donné lieu d'esperer que je n'aurois plus à combattre une passion qui m'afflige, vous vous livrez plus que jamais à sa violence.

À quoi bon affecter une déférence pour moi que vous démentez au même instant ? Vous me demandez la permission de me voir, vous m'assurez d'une soumission aveugle à mes volontés, & vous vous efforcez de me convaincre des sentimens qui y sont les plus opposés, qui m'offensent, enfin que je n'approuverai jamais.

Mais puisqu'un faux espoir vous séduit, puisque vous abusez de ma confiance & de l'état de mon ame, il faut donc vous dire quelles sont mes résolutions plus inébranlables que les vôtres.

C'est en vain que vous vous flatteriez de faire prendre à mon cœur de nouvelles chaînes. Ma bonne foi trahie ne dégage pas mes sermens ; plût au ciel qu'elle me fît oublier l'ingrat ! mais quand je l'oublierois, fidelle à moi-même, je ne serai point parjure. Le cruel Aza abandonne un bien qui lui fut cher ; ses droits sur moi n'en sont pas moins sacrés : je puis guérir de ma passion, mais je n'en aurai jamais que pour lui : tout ce que l'amitié inspire de sentimens sont à vous, vous ne la partagerez avec personne, je vous les dois. Je vous les promets ; j'y serai fidelle ; vous jouïrez au même degré de ma confiance & de ma sincérité ; l'une & l'autre seront sans bornes. Tout ce que l'amour a développé dans mon cœur de sentimens vifs & délicats tournera au profit de l'amitié. Je vous laisserai voir avec une égale franchise le regret de n'être point née en France, & mon penchant invincible pour Aza ; le desir que j'aurois de vous devoir l'avantage de penser ; & mon éternelle reconnoissance pour celui qui me l'a procuré. Nous lirons dans nos ames : la confiance sçait aussi-bien que l'amour donner de la rapidité au tems. Il est mille moyens de rendre l'amitié intéressante & d'en chasser ennui.

Vous me donnerez quelque connoissance de vos sciences & de vos arts ; vous goûterez le plaisir de la supériorité ; je le reprendrai en développant dans votre cœur des vertus que vous n'y connoissez pas. Vous ornerez mon esprit de ce qui peut le rendre amusant, vous jouïrez de votre ouvrage ; je tâcherai de vous rendre agréables les charmes naïfs de la simple amitié, & je me trouverai heureuse d'y réussir.

Céline en nous partageant sa tendresse répandra dans nos entretiens la gaieté qui pourroit y manquer : que nous resteroit-il à desirer ?

Vous craignez en vain que la solitude n'altere ma santé. Croyez-moi, Déterville, elle ne devient jamais dangereuse que par l'oisiveté. Toujours occupée, je sçaurai me faire des plaisirs nouveaux de tout ce que l'habitude rend insipide.

Sans approfondir les secrets de la nature, le simple examen de ses merveilles n'est-il pas suffisant pour varier & renouveller sans cesse des occupations toujours agréables ? La vie suffit-elle pour acquérir une connoissance légere, mais intéressante de l'univers, de ce qui m'environne, de ma propre existence ?

Le plaisir d'être ; ce plaisir oublié, ignoré même de tant d'aveugles humains ; cette pensée si douce, ce bonheur si pur, *je suis, je vis, j'existe*, pourroit seul rendre heureux, si l'on s'en souvenoit, si l'on en jouissoit, si l'on en connoissoit le prix.

Venez, Déterville, venez apprendre de moi à économiser les ressources de notre ame, & les bienfaits de la nature. Renoncez aux sentimens tumultueux destructeurs imperceptibles de notre être ; venez apprendre à connoître les plaisirs innocents & durables, venez en jouir avec moi, vous trouverez dans mon cœur, dans mon amitié, dans mes sentimens tout ce qui peut vous dédommager de l'amour.

NOTES

1. Nom du Tonnerre.
2. Un grand nombre de petits cordons de différentes couleurs dont les Indiens se servoient au défaut de l'écriture pour faire le payement des Troupes & le dénombrement du Peuple. Quelques Auteurs prétendent qu'ils s'en servoient aussi pour transmettre à la postérité les Actions mémorables de leurs Incas.
3. Dans le Temple du Soleil il y avoit cent portes, l'Inca seul avoit le pouvoir de les faire ouvrir.
4. Espéce de Gouvernantes des Vierges du Soleil.
5. Nom générique des Incas regnans.
6. Les Vierges consacrées au Soleil, entroient dans le Temple presque en naissant, & n'en sortoient que le jour de leur mariage.
7. Messager.
8. Le Dieu créateur, plus puissant que le Soleil.
9. Philosophes Indiens.
10. Viracocha étoit regardé comme un Dieu : il passoit pour constant parmi les Indiens, que cet Inca avoit prédit en mourant que les Espagnols détrôneroient un de ses descendans.
11. Le Diadême des Incas, étoit une espéce de frange. C'étoit l'ouvrage des Vierges du Soleil.
12. L'Inca régnant avoit seul le droit d'entrer dans le Temple du Soleil.
13. Prêtres du Soleil.

14. Les loix des Indiens obligeoient les Incas d'épouser leurs sœurs, & quand ils n'en auroient point, de prendre pour femme la premiere Princesse du Sang des Incas, qui étoit Vierge du Soleil.

15. Il passoit pour constant qu'un Peruvien n'a jamais menti.

16. Les Indiens croyoient que la fin du monde arriveroit par la Lune qui se laisseroit tomber sur la terre.

17. Les Indiens croyoient qu'après la mort, l'ame alloit dans des lieux inconnus pour y être récompensée ou punie selon son mérite.

18. Cacique est une espece de Gouverneur de Province.

19. Les Indiens n'avoient aucune connoissance de la Médecine.

20. Le Raymi principale fête du Soleil, l'Inca & les Prêtres l'adoroient à genoux.

21. Le grand Nom étoit Pachacamac, on ne le prononçoit que rarement, & avec beaucoup de signes d'adoration.

22. On baisoit le Diadême de Mauco-capa comme nous baisons les Reliques de nos Saints.

23. Premier Législateur des Indiens. V. l'Histoire des Incas.

24. Le Mays est une plante dont les Indiens font une boisson forte & salutaire ; ils en présentent au Soleil les jours de ses fêtes, & ils en boivent jusqu'à l'yvresse après le sacrifice. Voyez l'Hist. des Incas t. 2. p. 151.

25. Les Indiens ne connoissoient pas notre Emisphere, & croyoient que le Soleil n'éclairoit que la terre de ses enfans.

26. Les Caciques étoient des espéces de petits Souverains tributaires des Incas.

27. Servante ou femme de chambre.

28. Capitale du Perou.

29. Les terres se cultivoient en commun au Perou, & les jours de ce travail étoient des jours de réjouissances.

30. Les Curacas étoient de petits Souverains d'une Contrée ; ils avoient le privilége de porter le même habit que les Incas.

31. Nom générique des Princesses.

32. Nom générique des bêtes.

33. Les lits, les chaises, les tables des Incas étoient d'or massif.

NOTES

34. Les filles, quoique du sang Royal, portoient un grand respect aux femmes mariées.

35. Prince du Sang ; il falloit une permission de l'Inca pour porter de l'or sur les habits, & il ne le permettoit qu'aux Princes du Sang Royal.

36. Les Caciques & les Curacas étoient obligés de fournir les habits & l'entretien de l'Inca & de la Reine. Ils ne se présentoient jamais devant l'un & l'autre sans leur offrir un tribut des curiosités que produisoit la Province où ils commandoient.

37. C'est le nom que prenoient les Reines en montant sur le Trône.

38. Les Incas faisoient représenter des especes de Comédies, dont les sujets étoient tirés des meilleures actions de leurs prédécesseurs.

39. Voyez l'Histoire des Incas.

40. Les Incas avoient établi sur les chemins de grandes maisons où l'on recevoit les Voyageurs sans aucuns frais.

41. Boisson des Indiens.

42. Les Incas faisoient déposer dans le Temple du Soleil les Idoles des peuples qu'ils soumettoient, après leur avoir fait accepter le culte du Soleil. Ils en avoient eux-mêmes, puisque l'Inca Huayna consulta l'Idole de Rimace. Hist. des Incas Tom. 1. pag. 350.

43. Les Incas ornoient leurs maisons de Statues d'or de toute grandeur, & même de gigantesques.

44. Les Incas ne s'assoyent que sur des siéges d'or massif.

45. On a déjà dit que les jardins du Temple & ceux des Maisons Royales étoient remplis de toutes sortes d'imitations en or & en argent. Les Peruviens imitoient jusqu'à l'herbe appellée Mays, dont ils faisoient des champs tout entiers.

46. Les Loix dispensoient les femmes de tout travail pénible.

ISBN : 978-3-96787-096-1

CPSIA information can be obtained
at www.ICGtesting.com
Printed in the USA
BVHW031042221221
624595BV00011B/1647

9 783967 870961